아침달 시집

나도 기다리고 있어

이새해

시인의 말

모험을 두려워하지 않던 이들이

나의 침대 위에 잠들어 있다.

2025년 2월

이새해

차례

1부
그들은 나에게 들려주고 싶은 이야기가 많고

2부
더 자다 가도 돼

3부
무너진 적 없는 것처럼

해설

1부
그들은 나에게
들려주고 싶은 이야기가 많고

파수

요새 위에서
나는 노력하는 자였다
봐야만 하는 것들이 선명하게 보일 때까지
움직이지 않았다

먼저 죽은 자들이 그려진 카드를
수북하게 깔아둔 채로
웃고 떠들며 점을 치던 친구들

그들과 버섯을 구워 먹으며
겨울밤을 보낼 때도 있었다
버섯 향에 취하면서
서로의 장래에 푼돈을 걸어가면서

그 친구들 전부
먼 들판에서 도륙되던 밤에도
나는 요새 위를 지켰다
번져가는 불길을 주시하고 있었다

피와 땀에 전 장정들이
몇 무리로 흩어져 돌아오던 새벽
말안장에 묶인
패장의 머리를 수습하던 아침

차갑게 굳은 그의 머리칼을
검은 비단으로 감싸며
귀하다는 멜론을 떠올렸다

말갈기에 묻은 핏자국을 씻어내면서도
달고 부드럽다는 과육 생각을 했다

더위를 뚫고 보부상이 오면
나는 그들의 보따리를 엄정하게 검사하는 자였다가
활짝 웃는 자가 되었다

향신료와 육포 사이에 숨겨진

터키석 목걸이와 찻잔
굳은 손가락에서 빼냈을 반지들을
하나씩 꺼냈다

너희는 도둑이다
나의 친구들이다

숙소

너는 누워 있다. 숫자를 셌다. 잠이 들었다. 생각나는 숫자를 골라 다시 셌다.

꿈에서는 옥상에 올라갔다. 빛이 좋아서 하나씩 하나씩 옷을 벗었다. 무성한 옷가지 위에 앉아 있기도 하고 눕기도 했다.

너는 잠결이었다. 네가 내 엉덩이를 부드럽게 만졌다. 민소매 티셔츠 속에 손을 넣어 내 등을 비비다가 살짝 두드려 주기도 했다. 무언가로부터 받아들여지는 것도 같았다.

미래가 뚜렷하게 보였고 곳곳에 물이 고여 있었다. 거기서 물을 내오면 머리맡에 컵을 놓아두었다. 너는 잠들어 있었다.

현실은 멀리 있어서 나는 귤을 창밖으로 보냈다. 이불을 창밖으로 보냈다. 내 몸을 창밖으로 보냈다. 너는 창가에 서서 나를 내려다보고 있었다. 물을 다 마시고 창문을 닫았다.

그대로 말해본다. 너는 죽었어.

업고 업혀

이게 대체 무슨 상황인가
논쟁 중이었을 때
주요 인사들이 집중력을 잃고 자리에서 일어섰을 때

그가 내 뒤로 폴짝 뛰어올라
등에 볼을 비볐다

내 어깨에서 그가 말했다
피로가 풀리면 내려갈게요
그는 빈 백팩처럼 가벼웠다

밤마다 침대에 누워 잠들었다가
아침이 되면 다시 나의 등으로 뛰어올랐다
두 다리로 허리를 감싼 뒤
목에 스카프를 둘러줄 때도 있었다

어느 아침 버스 안에서
나는 그를 왕인박사라 부르기로 한다

일본국 초청으로 도일하여 돌아오지 않았다는
왕인박사유적지가 마침 떠올랐고
그의 고단한 표정에 호기심을 느꼈기 때문이다

깍지 낀 손에 힘이 풀리고 왕인박사가 풋잠 들었을 때
축축해진 내 목덜미를 그의 소매로 몰래 닦아냈을 때
아니 버스가 방지턱을 오르내리며 두 번 덜컹거렸기 때문에

내가 복을 받았구나
큰 복을 받았어
생각했다

복에 복을 더해 욕창이 생길 때까지
나는 박사와 함께 다녔다

가끔 알고 싶었다
축복 속에 시작된 만찬에서 한 인사가 언성을 높이고
박사를 바닥으로 패대기친 진짜 이유가 무엇이었는지

몰래 다가와 박사에게 용서를 구하던 자마저 입을 다물어 버렸을 때
왜 하필 박사의 옆자리에 내가 있었는지

박사는 종종 예민해졌다
직원에게 메뉴를 재차 말할 때
국이 짜다며 숟가락을 던져 떨어뜨렸을 때
나는 등을 벽에 밀착시켜 그를 조금 짓누르곤 했다

박사와 언성을 높인 날에는 같은 꿈을 꾼다
그것은 그와 가마를 타고
기와 위를 떠다니는 장면에서 시작된다
사람들은 동분서주하고
우린 마주 앉아 그 모습을 느긋하게 지켜보고
가마는 훨훨 날아 안 내려오는 것이다

비 오는 날 유적지에서는
처마 밑을 따라 걸어도

얼굴에 물방울이 맺힌다

나와 도시락을 나눠 먹고
설핏 잠든 박사를
그의 초상화 앞 통로에
내려두었다

땅에 사탕을 심으면

*

할머니는 코를 골다가도 일어나서
나를 데리고 간다

차가운 철문을 열면
두 개의 나무 문이
왼쪽과 오른쪽
할머니는 성큼성큼 걸어가
신발을 신발장에 올려놓는다

나는 마룻바닥 위에 누워 할머니,
방석은 푹신하다
공기는 시원하다
할머니가 몸을 들썩이며 성가를 부른다
마룻바닥이 삐걱거린다

검붉은 대야 속에 물이 가득 담겨 있다
내가 담겨 있다

죽은 친할머니가 입으로 물소리를 낸다

머리 위로 더운물을 붓고

뒷덜미에 묻은 거품을 닦는다

참개구리를 떼어낸다

던져버린다

*

사람은 죽습니다

앞사람이 먼저 들어가고

망치로 관 뚜껑 두드리는 소리 들린다

나는 순서를 기다린다

음란한 생각을 품은 적 있습니까?

관 뚜껑의 검은 페인트 냄새

싱그러운 밤공기 속 소나무 냄새

누군가 귓가에 속삭인다

속지 마

네가 관 밖으로 다시 기어 나올 때까지

수련회가 끝날 때까지
너도 속지 마

장의자 하나에 다섯 명이 앉을 수 있었다
한 번 앉으면 빠져나갈 수 없었다
깨끗해질 기회를 받을 때까지
그것을 가르쳐준 설교자가 범죄를 저지르고
눈물로 용서를 구할 때까지

*

일어나는 물결과 다가오는 물결 위에서 바가지가 출렁인다
욕조에 잠긴 두 팔이 너울거린다
곳곳에서 물방울이 흘러내린다
다른 물방울들의 도움으로 끝까지 흘러내린다
곳곳에 나방파리가 앉아 있다
젖은 팔등 위에
연옥색 환풍기 위에 가만히 있다

*

부드럽게 떨어지는
수사복을 입은 수사들이
나란히 앉아 있다
스테인드글라스를 투과한 푸른빛이
그 모두의 등을 비추고 있다
천장에서 바닥까지 드리운 검붉은 휘장들
작은 촛불들이 타오른다
돌림노래가 반복되고
나는 속고 싶다
수사 하나가 왼쪽으로 쓰러진다
머리가 바닥에 부딪힌다
첫 소절로 되돌아간다

바닥에는 솔잎이 수북하다
사람들은 보자기를 하나씩 안고 있다
양초에 불을 붙이고 보자기를 푼다
닭이 머리를 내밀면

그들은 닭의 목을 꺾는다
콜라를 들이켜고
트림하고
엎드리며 머리를 조아린다
나는 예배당을 빠져나온다

할머니가 방언으로 기도하는 소리
내 등을 두드리는 소리
저녁 해변으로 물 들어오는 소리
같이 빠져 죽자는 할아버지 손을 뿌리치며
이제 와 죽으려면 혼자 죽어!

얕은 물을 찰박이며 할머니가 걸어 나온다
발에 감긴 미역을 떼어낸다

광장을 벗어나도
누군가 걸으면서 중얼거린다

*

한참이나 욕실을 자랑하던 집주인에게

당신의 집을 사랑하게 되었다고 대답해주었다

연보라색 타일 벽에 물그림자가 일렁거린다

창문을 열어젖혀도 사람이 없다

이것을 보려고 이곳을 빌렸다

“폭탄이 터져 파인 땅에 사탕을 심으면 그 사탕 껍질에서 자본주의와 기독교가 자라난다.”
캐시 박 홍, 『마이너 필링스』(마티, 2021)

물만 부으면 끝

그는 장판 위에 도구들을 펼쳐 놓는다. 장갑의 흙을 턴다. 나는 맑은 하늘을 떠올리면서 그가 하는 말을 듣는다. 우리는 화분을 눈앞까지 들어 올린다. 빈 곳마다 굵은 마사토를 채워 넣는다. 난간에 걸어둔 화분들을 보면서 그는 즐거워한다. 잘 골랐다는 생각이 든다고. 그래도 어딘가로 가고 있는 것만 같다고. 나는 바닥에 떨어진 흙을 쓸어 담는다.

그릇에 작은 돌들을 담는다. 그 위에 물을 부으면 끓는 소리가 난다. 돌의 표면을 만져본다. 부서지는 것이 있고 부서지지 않는 것이 있다. 화산을 떠올리면 밤 풍경뿐이다. 그곳에도 낮이 있고 무성한 숲이 있고 크고 작은 동물들이 살 텐데. 숲이 맹렬하게 타오를 때도 땅속에서 뼈들은 천천히 썩어갈 텐데. 이 그릇은 내가 아끼던 거다. 담긴 것의 형형색색이 돋보이는 흰 도자기다. 아끼는 마음이 끝나서 나는 이 그릇에 돌을 담은 것일까. 그저 새 돌들이 반가운 걸까.

성냥으로 불을 붙여도 돌들은 활활 타오르지 않고. 내가 돌을 생각하는 것만큼 나를 생각하지 않고. 그것은 조금 기쁜 일이다. 그릇을 왼쪽으로 기울이면 왼쪽으로 물이 고인다. 끓는 소리를 내며 돌들이 모인다. 그 소리를 듣다가 그릇을 더 기울인다.

특별인사

그날 그는 특별인사였다 바람이 불 때마다 사람들은 휘날리는 그의 잿빛 머리칼과 옥빛 홍채에 감탄했다 기자들은 앞다투어 그에 관해 보도했고 밴드는 축하공연을 했고 옆 놀이터에서 아이들은 그네를 탔다 나는 조금 멀리 떨어져 무심히 그들을 쳐다보다가 대열의 맨 앞까지 나아가 서성이는 쪽이었다

옻칠된 소반 위에 덩그러니 놓여 있는 머리통
그것이 그의 전체였다

누가 나에게 육체를 줄래?
립글로스 바른 입술을 위아래로 천천히 움직이면서 그가 육성으로 말해도 대답을 고민하는 사람은 없었다 그들은 그저 그가 질문을 했다는 사실에 놀라워하면서 신세계의 출현을 더욱 즐거워할 뿐이었다

대도심의 공원 숲, 쏟아지는 셔터음 속에서
화창했던 휴일이 저마다의 데이터에 저장되고 있었다

나는 그를 여러 차례 마주했다 다른 사례와 기술력이 쏟아져 그의 인기가 시들해진 뒤에도 내 인생의 문제는 해결되지 않았으므로 산책하거나 조깅하는 이들을 바라보는 척하면서 그의 얼굴을 그리거나 채색했고 그가 말하기를 기다렸다 한 시간에 네 번씩 그의 목소리가 들렸다

"넘지 마시오"
팻말을 뽑아 흙을 털고서
그의 머리칼 속 낙엽들과
새들의 배설물로 얼룩진 이마와 입술을 닦아내기도 했다

그를 두 손으로 들어 나의 백팩에 넣고
전선과 공유기를 챙기고
공원 숲을 빠져나온 뒤부터
내가 조금 바뀐 것도 같았다

어떤 날엔 내 머리를 목에서 떼어내 책상 앞에 내려놓아

도 또렷하게 앞을 볼 수 있었다 나는 머리를 옆으로 눕힌 뒤 외이도를 들여다보면서 천일염만 한 귓밥들을 핀셋으로 집어냈다

그는 여전히 한 시간에 네 번씩 자신의 목소리를 들려주었다 누가 나에게 육체를 줄래? 그를 나의 베개 위에 올려두고 그 옆에서 잠들거나 그를 뒤집어쓰고 거리로 나갈 때마다 나와 그의 과거는 연결되었다

할머니, 할머니 따라 시장에 가면 온통 죽은 것들 천지였지 내가 가장 무서워했던 건 갈매기살이란 단어였는데 왜 저런 건 꼭 빨간 글씨로 써요? 할머니는 그것도 귀한 거라고 했어 산 것도 죽은 것도 다 아까운 거라고 할머니가 보자기를 펴고 참깨와 들깨를 쏟아부으면 냄새가 너무너무 고소해서 웃음이 나왔어 여기 깨가 쏟아져요 깨가 쏟아져요 노래를 부르고 싶었지 요즘은 할머니가 자꾸 보자기를 뜯어 먹는다 그건 갈비가 아니라고 성을 내면 악을 쓴다

어제는 지하철역 입구에서 내 얼굴을 닮은 인간들이 떼로 달려 나오더니 경찰과 군인들이 쓰러져나갔다 땅이 푹푹 꺼지고 거리가 콘크리트 먼지로 뒤덮이고 맨홀에서 연기와 오수가 쏟아져 나왔다 세상이 망한 뒤에도 살아남은 사람들은 있다 그들은 불 꺼진 지하철 플랫폼에 삼삼오오 모여 나에게 손짓하다가 내 몸을 선로에서 건져 올린다 그들은 나에게 들려주고 싶은 이야기가 많고 나는 들으면서 생각한다 망하기 전에도 망할 때를 준비하며 살아가는 인생은 얼마나 길고 느릴까

저에게도 작고 소중한
머리통 하나가 있었는데요……

그 말을 내뱉으며 나는
깍지 낀 두 손을
내려다본다

하늘색 라텍스 장갑 하나가 내 앞으로
통조림 하나를 밀어 넣는다

돌 앞에서 돌 줍기

—노구치박물관에서

돌도 죽는다는 걸
내게 알려준 사람은 노구치였다
그는 잘생긴 대머리였다

나는 노구치의 작업장 구석에 앉아 그에 관한 그림책을 읽는다
미국 아이들은 노구치를 일본인으로 여겼고 일본 아이들은 그를 미국인으로 여겼다 어린 노구치는 돌의 볼에 자신의 귀를 맞대고 눈을 감는다

날씨는 청명하다
창가 앞 돌들이 카메라 세례를 받고 있다
정원에 놓인 돌들은 검은 천으로 덮여 있다

죽은 노구치의 노구가
구부정한 자세로
누워 있는 돌 하나를 천천히 맴돈다

그는 커다란 돌 위에
무른돌들을 석회처럼 뿌리고
절을 올린다

다정한 노구치 님, 아이 2가 아이 1의 뒤통수를 향해 돌을 던지면 아이 1의 머리에서 피가 납니다 아문 뒤에도 거기서 머리카락이 다시 자라지는 않겠지요 세계적인 노구치 님, 무너진 벽돌의 잔해에서 피와 재를 뒤집어쓴 아이들이 실려 나옵니다 그들 중 일부는 이미 당신과 같이 되었습니다 여기 어디쯤에서 당신도 돌들을 부수고 떨어내고 접착시켰겠지요 넓은 이마에는 땀방울이 여럿 맺혀 있었을 테고요

지친 노구치가 돌 위에 눕는다
눈을 감고
작고 무른돌들을 베어 물고 삼킨다

나는 건물을 나와 정원을 서성인다
돌 하나를 주워 내 가방에 넣고

물병을 꺼내 마신다

현관에는 우체국박스 다섯 개가 쌓여 있다
한국에서 선편으로 부쳤던 그것들을
열 때마다

나는 옷 무더기 옆에 앉아
노구치에서 사 온
종이 스탠드를 조립하고
노구치가 나를 볼 수 있도록

전원을 켠다
사체 썩는 냄새가 난다
새 속옷과 겨울 코트
면접용 정장과 구두에서도

뒤돌아보면

다니구치 지로의 만화책에는 이발사 아버지가 등장하는데 아버지가 일하는 동안 어린 주인공은 이발소 마룻바닥에 앉아 장난감 자동차를 가지고 논다 마루에는 봄 햇살의 온기가 가득하고 주인공이 뒤를 돌아보면 아버지는 언제나 미소 짓고 있다

훗날 아버지와 연락을 끊은 뒤에도 주인공은 이 장면을 자주 떠올린다 아버지의 미소는 뭐였을까 무엇을 향했었을까 다니구치의 사실적인 작화는 그 순간을 신비롭게 감싸지만 책을 덮으면 의구심이 솟구치기 시작하고……

이발소에 대해서라면 나도 할 말이 있다
내 할아버지가 이발사였기 때문이다
할아버지가 크림으로 거품을 내고 그걸 면도붓에 묻혀서
손님의 턱과 목에 바른 뒤
면도날을 가죽끈에 쓱쓱 연마하는 동작을
날마다 보았기 때문이다

한밤엔 이발사가 내 목에도 망토를 둘렀다

수염도 안 난 턱에 크림을 잔뜩 바르고 면도칼을 들더니
부드러운 스냅으로 귀밑까지
입을 찢어놓았다
내 얼굴은 꼭 웃고 있는 만화 속 캐릭터처럼 보였다
뒤돌아보면

엄마와 큰고모와 고모가 웃고 있었다
세 사람 다 머리에 파마 롯드가 가득 말려 있었다
고모가 웃음기를 거두며 말했다
입은 금방 다시 붙어

면도 크림은 부드러웠다
핥아보고 싶을 만큼 향긋했다
눈을 뜨면 눈앞에
연습용 마네킹이 놓여 있었고
고모의 두 손에는 쥐색 고무장갑이
플라스틱 쟁반 위엔 형광색 롯드와 고무줄이 쌓여 있었다

더 숙여 봐

우리 집 화장실에서 네가 내 정수리를 누르며 머리를 빗겨준다 너 때문에 나는 강씨네 헤어 사장님이 나를 얼마나 부드럽게 대했는지 알았어 근데 사장님은 그 좋은 이름을 놔두고 왜 샵 이름을 바꿨을까 나를 앉혀 놓고 꼭 한 번씩 이 말을 했다

시간이 갑니다

가늘고 다정한 목소리로

그걸 듣고 있으면 졸음이 쏟아졌다

똑바로 더 숙이세요 손님 너는 민가위로 내 남은 뒷머리를 싹둑 자른다 한쪽 옆머리를 숱가위로 과감하게 털어내고 다시 민가위로 바꿔 쥐고서 층을 낸다

나 제법이지

프로페셔널 같아

나는 이 자세가 살인하기 가장 좋은 구도라고 생각해 이렇게 목을 찌를 수도 있다는 말이지?

그때 화재경보기가 울렸다

사람들이 바깥으로 다 뛰쳐나왔다 그게 이 연립주택의 규정이라고 했다 소방차가 도착하고 대원들이 올라갔는데도 경보음이 멈추질 않았다

내려온 사람들은 정자 앞에 모였다

자기네 교회 나오라던 앞집 할머니는 발가락이 부러졌다며 목발을 짚고 있었다 두 달째 그러고 있다고 했다 옆집 아저씨는 재활용 쓰레기나 버리러 가겠다며 다시 올라갔고 아랫집 빨강머리 할머니는 이놈의 나라는 칠면조만 태워도 이 난리를 친다며 담배에 불을 붙였다

모두가 귀를 막았다가 하나둘씩 손을 뗀다

한정 없이

시간이 간다

너는 그냥 여기서 마무리를 하자고 한다

나는 다시 망토를 두르고 잔디 위에 앉는다

가위질 소리가 들린다

열매는 새로운 본보기를 찾아다닌다

나긋한 목소리가 화병에 부딪히며 퍼져 나갈 때 유리창 너머로 열매가 걷고 있다. 열매는 패딩의 시보리를 당겨 가방 든 손을 덮는다. 그릇에 담긴 것이 라면 국물이었다고 해도 펜던트 조명이 식탁을 비추고 있으므로 열매는 거기서 조금 더 세련된 장면을 떠올린다. 물결에 잠긴 빛을 여러 프레임에 나눠 담은 사진. 커튼 뒤 실내에서 내려다보는 대도시의 아침. 흰 셔츠 가득한 옷장 앞에서 열매는 산뜻한 기분에 사로잡힌다.

생물학 교수가 열매의 종교심을 비웃었을 때. 열매는 연습장에 교수의 얼굴을 여러 개 그렸다. 친구들이 사투리를 구경하려고 열매를 둘러쌌을 땐 운동장 가득 붓감자를 그렸다. 할머니가 말한다. 고기는 괴기고 고구마가 감자다. 감자는 열매과가 아니다. 열매는 방 안의 불을 껐다가 켠다. 몸을 옆으로 천천히 굴려 본다. 화창한 운동장에 드러누워 바닥에 등을 붙인다.

떨리면 떨리는 대로 열매는 연기를 한다. 코롬방제과, 밀크셰이크, 숙모가 나를 레스토랑에 데려가줬던 게 가장 좋았어요. 이곳엔 전식이 있고 후식이 있다. 작은 볼 안에 스위트

콘과 후르츠칵테일이 담겨 있다. 포크는 왼손에. 나이프는 오른손에. 포크 먼저. 나이프는 그다음. 숙모는 왜 나를 끝까지 속였을까. 내가 숙모를 부끄러워할까 봐. 다 알고 있었어요. 숙모도 그 사람들 싫어했던 거. 숙모가 없어져서 나는 저주했어요. 하지만 Meine Tante hat mir ein Geschenk gemacht.☾

나는 남한에서 왔겠죠. 당신들도 지은 죄가 있으니 조심스러운 거겠죠. 나도 볼 줄 알아요. 지겨워할 줄 알아요. 나는 생각보다 큰 사람이다. 금빛 실크 스카프 파랑 줄무늬. 목에 감긴 이 보드라운 감촉 하나만 남기고 다 가져가. 식탁에는 바다를 건너온 선물박스 하나가 놓여 있다. 박스를 열면 흑삼의 몸통과 잔뿌리가 폴리프로필렌 포장재에 밀봉된 채 누워 있다. 다리수꽃액즙 8%. 공기 방울 하나 없이 흡착돼 있다.

☾ 숙모는 나에게 선물을 줬어요.

등

내가 떠서 건넨 물속에는
작고 검은 이끼들이 떠다니고 있다

너는 물을 마시고
남은 물을 보트 밖으로 버린다

새로운 동굴이 나타날 때마다 사람들은 환호한다
자신이 본 것을 이야기한다

돌아가는 보트에 앉아서
나는 네 등을 본다

너를 나아가게 하는 힘과
너에게 남아 있는 힘을 생각하면서
네 어깨에 손을 올려본다

완전히 지쳤다는 것을 인정한 뒤에도
우리는 돌아가지 않았다

해서는 안 되는 말들은
끝까지 하지 않았다

너에게 조금 더 자두라고 말하고
혼자 시작하는 하루

나는 빈 병에 물을 뜨다가
주저앉고 싶을 만큼 아름다운 물결들을 본다

후원요청서

*

왓챠피디아에 죽은 친구의 이름이 뜬다. 그가 고른 영화 몇 편에 보고 싶어요 버튼을 누른다. 3년 전 그는 죽었다. 장례식에서 친구의 친구는 이렇게 적었다. *나의 유머, 안녕*. 나도 그의 유머를 좋아했었다. 그와 마주 앉아 있으면 살고 싶었다. 깔깔거리다 창가에 머리를 기댄 채 졸기도 했다. 친구와 나의 영화 취향 매칭률은 77%. 스크롤을 내리며 그의 짧은 문장을 읽다가 나는 알아챘다. 그의 영화평에는 유머가 없다. 놀랄 만큼 진지할 뿐이다.

*

영원히 떠오르는 사람들의 얼굴이 있다. 함부로 말하던 사람, 나의 직업이, 체격과 얼굴이, 그 붙임성 없는 태도가 싫다며 술에 취해 노려보던 그 사람은 아직 나에게 사과하지 않았다. 만날 일이 있을 때마다 웃으며 인사하고, 다음에는 같이 고스톱이라도 치자며 내 등을 두드릴 뿐이다.

*

그런 이야기는 많이 나왔다고, 다 아는 이야기가 되었다고 말하는 선생님 앞에서 아무것도 모르는 표정 짓기. 그러면 감쪽같이 아무것도 모르는 얼굴을 갖게 된다. 모두가 알고 있는 이야기를 처음 듣는 자의 천진한 열의를 훔치게 된다. 그럼 선생님은 학생을 아끼는 사람, 다 아는 이야기를 새롭게 들려주는 사람. 나는 좋다는 말을 입에서 꺼내지 않는다. 내 생각을 드러내지 않는다. 더 알고 싶다는 표정으로 몇 개의 질문을 던져 놓으며, 초조해지는 선생님의 얼굴을 지켜볼 뿐이다.

*

한 사람이 말하고 우리는 서로의 신체를 두드리며 웃는다. 웃음이 터질 때마다 그는 미소 짓는다. 가끔 누군가의 목소리를 완벽하게 흉내 내기도 한다. 계속되는 농담 속에서 우리는 다 함께 즐겁고. 즐거움 이제 그만. 나는 당신이 그 능숙한 농담으로 막아서는 당신 옆 사람 이야기를 듣고 싶으니까.

나는 본다. 당신이 주먹으로 벽을 치고, 소리 지르고, 핸드폰을 바닥으로 던지고, 다시 주우려고 휘청이며 걸어가는 모습을. 나의 허벅지를 무릎으로 누르고, 상기된 얼굴로 내 목을 조를 때의 눈빛을.

당신의 손등을 감싸며 이 사람과 잘 해내고 싶다고 다짐하는 옆사람의 표정이 어두워질 때, 당신의 농담이 그를 막아서지 못할 때. 타인의 예민함을 끝까지 받아줄 것처럼 구는 형제들의 농담은 얼마나 멀쩡한지. 나는 나와 같이 죽어가는 자들이 들려주는 농담을 원한다.

*

형제들아. 많은 것을 알고 있는 나의 형제들아. 침울한 그가 나와의 대화를 지겨워하고, 말없이 낮잠을 자고, 양해도 구하지 않은 채 리모컨을 들고 채널을 돌리던 밤에도 나는 그를 기다렸었다. 가장 안전한 장소에서 가장 위험해지는 형제들아. 무슨 말을 하고 있는지 모를 거라 생각하는 농담들아. 나타나준 적 없는 교육자들아. 서로가 서로의 거짓을 지적한 적 없는 지혜자들아. 염려했던 먼 훗날이 우리 앞에 도착했을 때, 가던 길을 다시 가며 슬피 울 때에.

*

지금 내 앞에는

나의 아이가 있다

속싸개 속에서

손발을 움직이고 있다

*

내가 기다리는 것은 만나본 적 없는 사람들. 하나의 전례를 하나의 선례로 옮겨 심는 방. 나는 나의 몸을 데리고 간다.

등장인물

이 이야기의 서두에는 아직
사람이 남아 있다
문을 열어주면 왼발로 무릎을 걷어차며 들어오려는 사람
입을 맞춘 뒤 손등으로 입술을 닦는 사람
감기차를 내어준 뒤 두 손으로 상대방의 볼을 비비는 사람
벽에 붙어 앉은 사람 옆에 다가와
너는 손도 예쁘다 발도 예쁘다
말하며 그의 마음을 흔드는 사람
아직 더 들려줄 것이 있다고 말하는 사람
두 팔을 번쩍 들어
여기서 다 때려치우자며 이불을 내리치는 사람과
다시 두 손을 뻗어 도움을 청하는 사람을
이불 위에 앉힌 뒤에 나는
어두운 경사로를 따라 걷는다
두 집에 하나쯤 불이 켜져 있다
대교를 건너려고 차들이 서행 중이다
택시를 잡고 적당한 목적지를 말한 뒤
기사에게 이야기의 전부를 들려주는 건 어렵겠지

한 사람을 더 등장시킨다
매일 다른 가발을 쓰고 무대에 서는 사람
그 자에게 전망 좋은 고층을 내어줘본다
사인용 소파와
결 좋은 가발 여러 개가 진열된 드레스룸을
운전면허와 신형 도요타 세단을
취업 비자와 언제든 돌아갈 수 있는 고국을
더 많은 자유가 보장된 헌법을 허락해본다
그자는 혼자서 매일 세끼를
잘 차려 먹은 후
창가 앞 침구 속에 비스듬히 엎드려
종이 접기만 한다
돈을 더 버는 대신
고국에서 온 친구들을 태워
해안도로를 달리는 대신
다양한 방식으로
개구리를 접고 또 접는다
접어둔 종이 위에 셀로판지와 마른 꽃잎들을 덧대 전시를

열거나

그의 가느다란 손가락이 움직이는 화면을

송출하기라도 하면 좋을 텐데

그자는 자신의 이야기를 구성하는 일에 관심이 없다

이제 나는 어떤 방식으로

이 사람을 퇴장시켜야 할까

가발이 쌓인다

여기저기 색종이가 흩날린다

일 분에도 몇 번씩 비행기가 지나간다

몇 시간째 꿈쩍 않는 그 자의 허리 위를

등 젖은 개구리들이 넘어 다닌다

공기평균연령

1층은 쉽다
2층은 덜 쉽다
출입구 바깥에 실외가 없기 때문이다

복도의 구조가 매끄럽지 못하거나 창문이 작은 경우
환기를 기대할 수 없다

사무실은 쉽다
서류의 분진 인간이 내뱉는 이산화탄소 컴퓨터의 열기 등이
거의 전부이기 때문이다

고기를 취급하는 곳과 아닌 곳
주방에서 굽는 곳과 손님의 테이블에서 굽는 곳
어떤 냄새가 얼마만큼 나느냐에 따라
업주는 시설변경을 고려해야 한다

광산 작업장에는 풍관이 추가로 필요하다
풍관은 두 종류가 있다

급기 풍관은 작업장에 신선한 공기를 공급하는 관이다
광산갱도의 팬과 연결되어 막장이 있는 작업장에 공기를
제공한다
배기 풍관은 작업장의 분진과 유해가스를 이동시켜
주 갱도로 배기시킨다

원활한 환기를 구현하기 위해서는
급기와 배기의 공기량이 비슷해야 한다
외부의 공기가 각 경로를 통해 임의의 지점에 도달하는
평균값을
정확히 계산해야 한다

검은 먼지 덩어리가 진동한다
선풍기 앞 덮개에 매달려
콧구멍에 매달려

지하를 벗어나야 한다고 믿는 점주가
어린 직원 앞에서

온수를 따른다
컵라면 뚜껑을 김밥으로 덮는다

작업장의 풍관이 터진다
춤추던 리본이 정지한다

예의를 갖춘 뒤

그러고 보니 오늘은 제 차례입니다. 종지기가 떠난 자리에 헐벗은 장로가 앉아 있다면 조용히 다가갈 것이다. 날씨 이야기를 할 것이다. 다 끝났다고 말하지는 않을 것이다. 연단에는 푸른 피부 검은 동공의 신상들이 누워 있을 것이다. 들마다 녹슨 갑옷들이 나뒹굴 것이다. 썩어가는 눈두덩이를 쓰다듬을 것이다. 도끼를 내려놓고 삽을 들 것이다.

건조, 냉장, 밀폐, 소금 절임, 훈제와 가열 따위로 죽은 피부를 방부할 순 없을 것이다. 산 자의 노력이 진피 속 활성산소를, 멜라닌의 생성을 막을 수 없는 것처럼. 이 물과 나의 손이 맺은 서약이 내 목숨을 지킬 수는 없을 것이다. 우리가 저지른 일들을 다 씻을 수 없을 것이다.

함성이 터져 나올 것이다. 무대에 오른 자들이 환청에 사로잡힌다면. 그들이 몰고 온 환영이 빈 그릇들을 채우고 모두가 거닐던 긴 회랑과 열주들을 완벽하게 복원한다면. 회중을 환희에 빠뜨린다면. 대오가 흩어지고 무릎이 바닥에 쓸려도 눈치채지 못할 것이다.

저 구릉 위에
너무 오래 널려 있는 손
너무 오래 잠겨 있는 가죽

홍반이 지나간 자리가 검게 착색된 채 남아 있을 것이다. 손톱이 빠져나간 자리를 새살이 덮을 것이다. 누군가 온다면. 나를 친구 삼고 연인 삼아 자신의 과거를 털어놓으려 한다면. 부르튼 손가락을 내밀어 보일 것이다.

물을 끓인다. 뜨거운 김이 피어오르면 물통에 흰 세제를 들이붓고서 일을 마무리할 것이다. 거품이 넘쳐흐르면 얼룩을 닦아내고, 천을 헹구고, 뽀얗게 빛나는 물통의 내부를 한 번 더 닦을 것이다.

만져보라고

늙은 새는 너무 오래 살아서 날 수 없었다 매일 먹이를 가져다주었지만 매일은 먹지 않았다

그곳에 오래 남아 살 수 없었다 나가야 한다고 했다

새의 목을 잡고 걸었다 발 앞에 새를 내려놓았다 바닥 위에 핏자국이 말라 있었다

커다란 문이 열렸고 거기에 많은 새들이 살고 있었다 파도 위를 고요하고 아름답게 날고 있었다 들어와서 보라고 했다 두 팔을 뻗어 윤기 있는 깃털들을 만져보라고 했다

늙은 새의 깃털이 발목에 닿아 까끌거렸다 내려다보면 새의 얼굴이 보였다 무수히 열린 눈이 한 번 더 열린 채 다른 새들을 바라보고 있었다

일어난 일들을 피할 수 없었다 늙은 새에게 기댈 수 없었다 살아생전 믿지 못했다 나는 끝까지 궁금했었다 칼집에서

칼을 뽑아

나의 목을 내리쳤다 핏자국 위에 핏줄기가 후드득 떨어졌다 뼛조각 위의 신음이 조용해졌다 나와 새의 몸이 문지방에 놓여 있었다

여름으로부터

사람들은 매일 춤을 춰. 공원수 주위에 모여서 추고 페인트가 벗겨진 옥상에서 춘다. 너는 파트너 없이도 췄다. 여름밤 거리에서 췄고 눈 덮인 해변에서 췄지. 아무도 없는 방에서 팔을 흔들던 네 모습을 나는 누워서도 본 것 같았다.

언젠가 한 사람이 내 뒤통수를 향해 돌을 던졌을 때 너는 그 사람을 찾아낼 수 있다고 했어. 물장구치던 다리가 얼음 속에 파묻혀 있었을 때 우리는 있는 힘껏 힘을 줬었지. 그 순간 갈라지기 시작하던 얼음들을 나는 보고 있었다.

지금 여기엔 연기뿐인 폭죽이 터지고 있어. 어른들은 잠든 아이들의 귀를 감싸고 아이들은 깨지 않아. 믿기 힘들 정도로 평화로운 표정을 하고 있지. 깨어나지 않는다는 건 뭘까. 아침이면 이렇게나 많은 사람이 움직이고 살아가는데.

다음 여름에도 사람들은 춤을 추겠지. 모두가 쓰러지듯 잠든 새벽에 너는 내 목을 만지면서 말했어. 더 깨어 있고 싶다고. 나는 너에게 질문하게 돼. 이 많은 사람은 어떻게 살아남았나. 누군가 다가와 내 어깨를 감싼다. 나는 그의 팔을 잡고 일어서게 돼.

2부
더 자다 가도 돼

잘 놀았다 오늘도

누가 들어오나 봐
그냥 나간다
나는 욕조 속에서
다시 흥얼거린다

물속은 편안하다
지저분하다
수건에는 물기가

벽지에는 낙서가
집과 마른 꽃대와
메마른 엄마 아빠가 있다

유리잔을 깨고
큰 소리로 화를 내다가도
꺄르르 웃는 어른들
벽 너머에서 우아하게 춤을 춘다
애들을 잊고 영원히

새벽을 잊고 영원히

만취한 고모부의 뱃살은 말랑말랑해
부푼 배가 조금 더 부풀어 오를 때
빨강 크레파스로
고모부의 관자놀이에
핏방울을 하나둘 그려넣을 때

아무도 모르지
내가 어른을 얼마나 무서워하는지
좋아하는지

나는 고모부의 지갑을 열어 지폐 몇 장을 꺼낸다
얼음을 입에 털어 넣는다

도시에는 밀크셰이크가 있어
고로케가 있고
에스컬레이터로 연결된 대형백화점이 있다

연휴가 시작되면
도로 정체를 뚫고 고향을 찾아온 자식들이
여객터미널에 모였다

들뜬 표정으로 옛 친구와 이야기를 나누는
어른의 손을
나는 슬며시 떼어놓고서

무수한 인파 속으로
흘러 들어갔다

그린빌

벽 너머에서
혼자 남겨진 개가 짖는다

나도 기다리고 있어
사람의 얼굴이 나타나주기를
이렇게 말해도 개와 나는 친구가 아니다

내가 낮잠을 자다가 죽으면 너는 한동안 슬퍼하겠지 네 앞에 나타날 새로운 사람들이 너에게 줄 기쁨과
네 청량한 웃음소리를
나는 누워서 본다

앞으로 우리가 가질 수도 있는 것
각자의 방,
어른의 얼굴을 그리워하는 아이들이 찾아와 벨을 누르고
기다리는 화면 같은 것

내가 아는 아름다움의 목록을 하나씩 지우고

네가 하고 싶은 것 앞에 내 몸을 세워둔다

너는 바닥에 앉아 가방을 열고
알전구 더미를 꺼낸다
성탄 분위기를 내고 싶었다고 말하는 너에게

동의할 수 없다고
대답한다면
너는 어떤 표정을 지을까

보고 싶은 얼굴이 있는 사람 앞에서
생각은 바뀔 수 있다

우리는 유리창 위에 하나씩 알전구를 붙인다
차갑게 마른 수건들을 방으로 들여놓는다

미관광장

우리는 다시 아이의 이름을 짓기로 한다.

좋은 이름이 나오면 칭찬을 하고 우스운 이름이 나오면 웃음이 터진다. 이름마다 다른 얼굴이 떠오른다. 볼이 통통한 애. 눈이 사나운 애. 날 닮아 이목구비가 납작한 애. 이상하지. 새로운 이름이 바닥나도 아이들의 얼굴은 계속된다. 광장을 채울 것 같다.

다리가 흔들리고.
힘없이 흔들리고.
나는 발끝을 보다가 침을 삼키다가 바닥을 본다.

바닥에 안긴 햇빛은 공평하다.
옥상에서 떨어졌던 찬규에게도 내리쬐고 있었다.
너와 내가 낳을 아이.

그림자가 더 길어진다. 저것으로 몇 걸음만 떼도 우리는 이곳을 나갈 수 있겠다.

버거킹에서 노인들이 마주 앉아 와퍼를 나눠 먹는다. 아이들이 바닥에 남은 햇빛을 디디며 부모에게 다가간다. 모든 것이 경쾌하게 어두워지고 있다.

집에 가면 빨래를 걷자. 나는 저녁 준비를 하러 마트에 다녀올게. 걱정 마. 이 약속은 지켜진다.

검사지

1.

내가 그린 것들로 이야기를 지어보라기에 러그 위에 드러누워 말했다. 그건 시간이 더 필요해.

2.

요즘은 자꾸 기숙사에 들어가. 나는 운전을 해. 뭔가를 쳐. 물컹하고 축축한 것들을. 사람을 죽여. 오래 알고 지낸 사람들을 칼로, 도끼로 찍어 내려야만 거기서 빠져나올 수 있어. 조명은 어둡고 문고리는 짙은 초록색이고 밖에서는 다른 사람들이 나를 기다리고 있어. 죽기를 각오하고 있어. 어제는 네가 내 방에 있었어. 투명한 플라스틱 상자 속에서 얼어 있었어. 나는 조금도 당황하지 않았어. 청바지와 흰 티셔츠로 갈아입고 안경을 골랐어. 우헤헤, 연기를 하고 있었어. 나에게 인사조차 건네지 않는 그들을 떠올리면서.

3.

할 일을 다 마친 너는 내가 누워 있던 러그 위에 쓰러지듯 드러눕고 나는 소파 위로 기어 올라가 다이어리를 편다. 오늘

부로 네 옆에 누워 잠든 횟수는 약 천팔백서른다섯 번. 네가 갑자기 죽으면 나는 어떡하지? 좋을지도 몰라. 이런 대화는 팔십 번쯤. 비가 오지 않는데도 건넛집 배수로에서 물이 뚝뚝 떨어진다. 그 집 테라스에서 한 사람이 웃통을 벗은 채로 또 담배를 문다. 너는 내 티셔츠 속으로 손을 집어넣고 나의 배를 쓸어내린다.

4.

내가 잠든 사이, 바릴로체의 새벽 텐트 속에서 당당하게 사랑을 나누던 사람들. 아무도 없는 6인실 침대에 누워서 너는 내 귀에 그 이야기를 들려줬었다. 지금처럼 나의 살과 뼈를 만지려 하면서. 너에게 알려질수록 나는 무엇을 더 알까. 무엇을 더 숨길 수 있을까. 나는 누운 채로 몇 가지를 약속한다. 아무도 나에게 가르쳐준 적 없는 생활과 책임을 상상하면서. 엄지와 검지로 네 등을 누르고, 주무르기 시작하면서.

5.

(내가 되고 싶은 사람의 모습을 무작위로 적어보시오)

(위의 내용과 반대되는 사람의 모습을 순서대로 적어보시오) 멋없는 사람. 취향을 포기한 사람. 차가운 사람. 입을 다문 사람. 세계가 허물어진 사람. 안도하는 사람. 사랑하는 사람. 지친 사람. 사라지는 사람. 잠든 사람.

6.

웅장한 풍경이 보이는 집에 사는 사람들이 저녁을 맞고 있어. 밭에 심은 감자는 오늘도 종류별로 무사하고, 해가 다 지기 전에 사람들과 동물들이 서로 만나 인사를 나눠. 이제 곧 저녁을 차려 먹고 함께 밤을 맞을 거야. 서로를 마음껏 만질 거야. 사람들과 동물들은 다 어디 있어? 창문 뒤에 숨어 있어.

타공

형은 조심스럽게 찾아와서 어렵지도 않은 부탁을 한다. 발바닥으로 등을 밟아 달라거나 담배를 피우러 나갈 건데 따라가주겠느냐고 묻는다. 그러다 쓰러져요. 당부해도 형은 듣지를 않고, 지금은 나의 침대 위에 잠들어 있다.

형의 노트에는 한동안 사람이 살지 않던 집의 도면이 여러 개 있다. 후박나무 한 그루와 마당의 테두리가 그려져 있다. 알아볼 수 없는 글씨체로 빼곡하게 적힌 형의 계획들을 읽어가다가 나는 침대를 본다. 나의 베개 위로 감지 않은 형의 머리칼이 닿아 있는 것을 본다.

형이 잎이 말라가는 나무를 살려보려고 혼자 흙을 파내던 날의 더위에 대해 이야기할 때, 누구에게도 할 수 없는 말들을 나에게는 한다고 말할 때에도, 그것을 다 믿지는 않았다. 형이 침대 위로 끌고 온 피로가 나의 오늘 계획을 허무는 오후. 한참을 멈춰 있던 형의 몸이 뒤척인다. 더 자다 가도 돼요. 내가 말한다.

취사선택

미술관에 가면
이 세상에 미술가만 살았던 것 같다

전시실 입구에는
백 년 전 절벽 아래로
몸을 던졌다는 사람이
두 팔을 벌린 채

지금도 떨어지고 있다
공중에서 관람객을 동원하고 있다

나는 잠시
바닥에 앉아 있는 관람객이었다가
시청역 식당가를 활보하는 사원들 속 행인이 된다

고층빌딩 유리창들이
먼바다처럼 깊어진다
고래 떼가 다가와 머리를 부딪쳐도 깨지지 않는다

깨지는 건 따로 있다
바닥에서 조용히 치워지기 시작하는 것들은……

한낮의 동대문 종합시장은 현기증이 날 만큼 복잡하고
소개받은 원단장수는
카운터에 앉아 짜장면을 먹고 있다
그에게서 올리브색 벨벳 세 마를 산다

방석과 등받이는 오로지 나의 것,
저녁마다 나의 지친 몸을 부드럽게 감쌀 것이다

커다란 봉투를 끌어안고 버스를 기다리고 있을 때
누군가 내 어깨를 움켜쥐면서

산산조각 난 것들이 이 안에 들어 있다고 한다
그것을 하나씩 알려줄 수 있다고

무수한 차들이 사거리를 교차하는 동안
동대문 사이로 아무도 들어가지 않았다

지금 그는 나의 방석 위에 있다
기진한 개처럼 엎드려 잔다

미관광장

나는 앞으로 십 분 더 남았다고 한다
아이는 용기를 바닥 위에 천천히 내려놓다가
재빠르게 뒤집고 꾹 누른다

다시 용기를 들어 올리면
서로 다른 크기의 직육면체 네 개가 형태를 유지하고 있다
꼭 무덤 같다 내가 말하자
아이는 아니라고, 이다음에 우리가 살 집이라고 한다

이미 내 앞에는 열여섯 개의 집이 있다
몇 개는 모서리가 허물어졌다

아이는 갈대 한 움큼을 뽑아 모래 속에 심는다
커다란 돌들을 갈대 옆에 내려놓고
산을 만든다

아이가 아이인 것을 내가 질투하는 것은 아니다
그의 끝없는 요구에 대답하거나

틀어질 나의 계획들을 예상하며 초조해질 때
아이의 무른 어깨를 바라보며 그 모습을 아까워할 때
잠시 평정을 잃을 뿐이다

나는 나의 아이가 아이인 채로 죽어버리는 장면을 매일 상상한다
어엿하게 자란 그가 나의 건강을 염려하고, 몰아세우고, 피로감에 휩싸여 자책하는 모습을 내다보기도 한다

아이가 플라스틱 용기를 바닥에 내던지고
다시 나에게 걸어온다
마지막 소원이 있다고 한다

이것이 정말 나의 현실이라면 아이에 대해 쓰지는 않을 것이다
누구도 나에게 보여주지 않은 인생이므로
나는 그것을 쓰고 있다

우리가 그네를 타고 돌아왔을 때

다른 아이들이 집을 걷어차고 있었다

기쁜 소식

너는 자꾸 어디를 가자고 한다. 너의 미래가 네 얼굴을 가져간다.

종이 위에 내 얼굴을 그렸다. 손끝으로 두 눈을 가리면 햇빛이 끝나지 않을 것 같다. 먼 곳을 보던 눈이 손바닥을 들여다보게 되고. 생명선 따위를 믿지 않게 되고.

자주 할 수 있는 일을 자주 하자고 했다. 밖에 나와 기다리는 일이나 자정 너머의 산책 같은 것. 죽을 끓이는 마음과 죽을 사러 나가는 마음 사이에서. 죽은 마음을 들고 번번이 문 앞에 돌아와 있었다.

벤치에 앉아 시간을 보내다 시간을 보았다. 햇빛이 바닥을 잡고 희미해지는 동안 개가 쉬다 갔다. 노인이 담배를 끄고 일어섰다.

구석이 구역이 되었다. 밤에도 밤을 무시하고 새벽에도 새벽을 무시하면 저녁의 자세를 유지할 수 있나. 네가 어서 왔으면 하다가. 없어졌으면 하다가. 생각도 다 흘러나가고. 얼굴은 무릎이 되었다.

일요일

일요일에 일하는 사람은
더 많은 일요일을 본다

아침을 막 밀어낸 골목과
천천히 펼쳐지는 만화영화
오후의 호수공원

웃고 있는 사람들이
계속될 것 같다

예배당에서는
좋은 데 가면 좋은 곳에 간다고 했다
좋은 것이 있다고 했다

좋았던 것들로부터
나는 더 가야 했다

거꾸로 매달린 수국은 잘 말라 있다

다발을 쥐었던 내 손이
보지 못한 시간을
끈질기게 내려다보고 있다

옷을 다 걸치면
등 뒤에서 일요일이 걸어 나간다

식탁에 엎드려
붉은 소고기의 해동을 지켜보았고
남은 고기를 냉장고에 넣었다

내가 조용히 나가면
너는 너의 오전을 시작할 수 있다

화요일의 피크닉

웃음도 화요일도 끝나지 않았지만
피크닉이 끝나가고 있었다

돗자리를 만지작거리는 동안
네 그림자 속으로 날벌레 몇 마리가 앉았다

오른쪽에서 왼쪽으로 지나가는
자전거와 자전거 사이에서
흙먼지가 흘러 다녔다

그것을 알려준 너를
이해하려고

가만히 손목을 쥐고 있어도
저녁은 뚜렷해졌다

돗자리가 식어가고
그림자의 위치가 바뀌는 동안

우리는 여럿으로 번져가다
헝클어졌다

천천히 달려가는 자전거들의
공회전 소리가
끝없이 반복되었다

호일에서는
병든 사람의 냄새가 났다
무릎엔 먼지가 쌓여 있었다

마음을 활짝 열면

후드집업 모자 속에 담긴 네 뒤통수가 천장을 본다. 뒤통수는 동그랗다. 어제는 말을 했다. 허리 어깨 엉덩이와 종아리. 손목뼈로 지그시 눌러달라고. 네 머리맡엔 안경테. 식탁 위엔 고구마. 강성심 집사 아들 결혼감사떡. 방울토마토를 다섯 개째 씹어먹는다.

내 머리맡엔 밤부베베 손수건. 그 아래 놓여 있는 권총 한 자루. 붉은색과 연분홍색 물감으로 내 몸 두세 개를 겹쳐 그린 것일 뿐인데. 선배는 사람들을 몰고 다닌다. 내가 그린 것을 지나가며 나쁜 말을 좋은 말과 섞어서 한다. 나 이제 그 사람 말 안 믿어. 모르는 얼굴들 속에는 언제나 반가운 얼굴이 있다. 저기 선생님이 있다. 윤석 씨가 있다.

네 목에 닿아 있는 이마.
두피 가득 모래가 내려앉는 해안선.
바람에 휘날린 머리칼이 얼굴의 절반을 덮는다.
너는 일어나 걷고,
비 내리는 대서양을 오래도록 본다.

젖은 뒤통수가 말한다.
나를 못 봤나 봐.

여기 또 오자.
나는 반복되는 것만 믿어.
발뒤꿈치가 모래를 쾅쾅 내려치는 소리.
믿어봐.

가볼 만한 곳

일행은 오늘을 기다려 왔다. 사람들은 카트에 화분을 열 몇 개씩 담고도 새 화분을 찾아다닌다. 나는 나의 일행이 안 보여도 그를 찾지는 않고, 똑같은 통로를 몇 번이나 오가며 무섭게 뻗어 나온 박쥐란을 올려다본다.

박쥐란은 날아오르지 않고
내 머리 위로 떨어지지 않고
긴 줄에 매달린 채
숨 쉬고 있다.

통로의 중앙에는 노인이 있다. 휠체어 위에 앉아, 챙 넓은 모자 속에서, 무릎 위에 놓여 있던 화분을 바닥으로 던지고 있다. 화분은 바닥에 부딪혀도 깨지지 않는다. 화분 속 금잔화는 흙과 함께 쏟아지지 않는다.

노인의 일행이 걸어온다.
무릎 위에 다시 화분을 올려주면서
이렇게나 예쁜 꽃을 보라고

커다란 목소리로
귓속말을 한다.

사람들이 놀라는 건 따로 있다. 그들이 들고 있는 작은 화분 속에 있다. 얼굴을 맞대고 서로의 수종을 비교하는 사람들의 정수리 위에는 커다란 여인초가 드리워 있다. 머리가 천장까지 닿은 채로 고개를 끄덕이고 있다.

나의 일행은 카트 속에 오색마삭줄을 올려놓는다. 자엽 아카시아를 보고 오겠다며 통로의 왼쪽으로 사라져간다. 나는 카트를 이리저리 밀면서 동방홍과 일일초, 포충낭의 흰 수염들을 구경하고 일행이 고른 식물들의 이름을 알아본다.

비닐하우스의 천장은 눈부시다.
분사된 수증기가 잠시
공중을 채운다.

이 정도면 충분히 보았구나 생각하고 있는데

누군가 뒤에서 팔을 잡는다.

통로의 끝에는 덧문이 있다. 그 너머에는 토분들이 쌓여 있다. 나는 휠체어 손잡이를 잡고 있다. 어디서 오셨어요? 내가 목소리를 키워 물으면 노인은 오른손을 들어 저수지를 가리킨다. 그의 금팔찌가 찰랑거린다.

코스터

사람들이 모여서 기도를 하고 나면 한두 명은 어딘가로 떠나더라. 그들은 가다가 맞기도 하고 죽기도 했다. 어디로 가는지는 몰랐다지만 가는 이유는 아는 거 같았다. 그게 부러웠다.

여기 적힌 이야기를 다 믿는 사람들을 알고 있다. 그들의 기쁨은 단단하다. 무서워질 때가 있다. 나는 믿다가. 믿는다고 믿다가. 참지 못하고 부러졌다.

코스터 위에 컵을 올리고 더운물을 따른다. 두 손으로 컵을 쥐면서 너를 생각한다.

네가 집에 오는 날이면 같이 단지를 걸었다. 우리는 조금씩 흐트러진 가능성에 대해 말했다. 들이고 싶은 가구 목록을 비교하기도 했다. 너는 자주 웃고 자주 웃었다. 아주 가끔 울고 나면 꼭 낮잠을 잤다.

집에 돌아오면 모두부를 손질했다. 식탁에는 새 코스터를 깔아두었다. 너는 너무 노력하지 않아도 된다고 했다. 우리는 조용히 두부를 떠먹었다.

식탁은 천천히 더러워졌다. 아이들의 수저와 너의 수저를 놓아두었다. 나만 어디로도 가지 않았다.

노수

오늘의 다짐이 리듬을 멈췄다
바닥에 이불을 깔고
두꺼운 이불을 덮었다

잠시
온기가 처지를 가려주었다

병원에서 만난 사람들은
머리를 자르니까 어려 보인다고 한다
그래도 지금이 좋은 때라고 한다

지금을 좋아하고
지금을 좋아한다
지금은 조용히 무너져가고 있다

들어온 방향을 따라 온기가 마른다
이불 끝을 잡아본다

이불과 이불 사이에서도
새 다짐을 힐끔거리는 내가 지겨워지면
베갯잇에 입을 박는다

보이지 않는 것을 믿을 수 있는 사람들은
보이는 것을 보지 않았다

오늘은 그것을 보았다

몇 번이고 눈꺼풀을 눌러본다
머리끝까지
이불을 올려둔다

우리의 것

부드럽고 두툼한 이불 속에서
나는 벌거벗은 채로 있다

당신은 어디까지 솔직할 수 있는가
문어체로 질문하는 너의 뺨에서
살 냄새가 난다

수평선을 뭉개는 비구름을 관람하면서
국경관리소를 통과하면서
키스하던 노인들이 서로를
끌어안는 모습을 지나가면서도
너는 내 손을 잡아당겼다

약속이 남아 있고
그 약속을 지키는 일은
어렵지 않다

일을 그만두는 것과

이곳을 떠나는 일은

부서진 분수대 앞에 앉아
엉망으로 떨어지는 물줄기를 보고 있을 때
너는 너의 주먹을 나의 눈앞으로 가져와
활짝 펼친다

주먹이 사라진 자리에서
손바닥이 나타난다
손가락이 움직이려 한다

부활을 소망하며 새겼다는
벽화 속 얼굴들의 이목구비는
훼손돼 있다

빈 얼굴들의 테두리가
벽을 가득 채우고 있다

좌석 위에 놓여 흔들리는
우리의 다리는
오랫동안 퇴화해 온 생물 같다

버스의 조명등이 꺼지면
검은 바다가 내다보인다
점퍼를 펼쳐 다리를 덮는다

프레이밍

방울토마토의 표면에는 반구형 물방울들이 맺혀 있다. 검지와 엄지로 토마토를 쥐어도 물방울은 흘러내리지 않는다. 그것을 입으로 가져가면서 나는 발코니를 본다. 창 너머에 서 있는 조경수를 올려다본다. 조경수는 아파트의 높이를 능가하고 있다. 거세게 흔들리면서 외벽을 때리고 있다. 화창했다면 외벽과 조경수 사이에서 빛들이 부서졌겠지. 이곳에 없는 전경이 쏟아졌을 것이다.

투어팩 속에 수북이 담긴 테니스공. 투어팩을 어깨에 멘 그가 문을 연다. 라켓이 공을 강타한다. 공이 펜스를 강타하면 방풍막이 큰 소리로 출렁거린다. 과자를 먹으며 사람들과 대화를 나누다가도 그 소리에 깜짝 놀랐다.

똑같은 모양으로 짜인 스웨터의 매듭을 만지다가 얼굴을 들여다본다. 그것은 밤새 달려가던 버스 안에서, 휴양지의 파라솔 아래에서, 흙탕물이 무릎까지 차오르던 횡단보도에서, 그의 동생의 화장터에서 내가 오래도록 지켜보던 얼굴이다. 그 모든 얼굴을 데리고 그는 내 옆에 있다. 그 모든 얼굴들을 가볍게 내다 버린 채 앞날을 계획하고 있다.

나는 벽을 향해 공을 던진다. 공은 직사각형 둘레 속에 들어가거나 둘레를 벗어난다. 벽을 때린 공이 바닥을 튕겨 다시 글러브 속으로 들어오면 그 속에 턱을 파묻고 숫자를 센다. 지나간 날짜를 세고 남은 날짜를 세고 기다려야 하는 날을 세다가 주차된 캠핑카의 대수를 마저 센다. 전광판에 뜬 교통사고 사망자 수를 센다. 글러브를 바닥에 던져두면 글러브는 그 자리에 있다. 그 속에서 아무것도 굴러 나오지 않는다. 나는 빈손으로 공터를 걸어 나온다.

아이들이 달려 나간다. 우리의 반나체 위로 모래가 튄다. 그가 물속으로 걸어 들어갈 때, 긴장한 표정으로 파도를 기다리다 두 손으로 얼굴을 쓸어내릴 때, 모래는 뜨겁다. 축축하다. 무엇이 걸려 나올지 알 수 없다. 아이들은 내 옆에서 모래를 퍼낸다. 그것을 나의 배에, 허벅지 위에 끝없이 쏟아부으며 즐거워한다. 한 아이가 귓가에 다가와 말을 건다. 한 번만 눈을 감아보라고.

필지 안에는 텃밭이 있다. 흙을 뚫고 솟아오른 적상추의 대오 끝에는 녹슨 봉 하나가 세워져 있다. 종량제 봉투가 젖어가고 있다. 까치가 조용히 먹이를 쪼아대는 저녁. 필지는 야외주차장이 되어가는 중이다. 그것들을 밀어내고서 단독주택이 들어서는 중이다. 다율빌라 정문을 열고 들어서면 네 개의 CCTV 창이 있다. 내 옆모습이 빠져나간 화면 속에서. 빗방울이 솟구치고 있다.

파라솔 아래 남아 일몰을 기다리던 사람들이 손뼉을 친다. 바람이 불어와 흙먼지가 일어도 그들은 일어서지 않는다.

아무 해도 끼치지 않는 가설

이런 건 좋아지지 않는다고 대답하려 했는데 내 얼굴을 지켜보던 네가 먼저 깔깔거렸다

털모자는 어디 있을까 우리가 아끼는 보온 물주머니에는 아직 온기가 남아 있다 유영하는 다이버처럼 너는 한 번씩 베개에 얼굴을 파묻고 긴 호흡을 내쉰다

돼지가 지나간다 몸집이 작은 돼지가 묵묵히 걷고 있다 텐트 속으로 목을 쑥 들이민다면 나는 말을 걸겠지 이제 어디로 갈 생각이지?

내가 지워지는 것 같다고 말하면 너는 씨익 웃고 돌아눕는다 나에게 필요한 건 잠깐의 일관성, 어제와 다름없는 웃음으로 아침 인사를 건네는 것

텐트 위로 비가 쏟아진다 서로를 지우는 가장 타당한 방식을 찾아낼 때까지 우리는 한 팀이다

나를 보는 네 표정에는 기쁨이 없다

먼 곳을 바라보는 사람을
보고 있으면
안심할 수 있다고 했다

가본 적 없는 해변으로 가서 오래 걷는다
녹슨 청동상 앞에 서 있다가 말을 건다

나는 다른 사람이 됐다
누구 앞에서든 같은 목소리로 말하고
애써 웃지 않는다

네가 떠오르지 않는 아침과
마음껏 떠들고
마음껏 마시는 밤마다

나는 내가 믿어왔던 것들을 끝까지 의심하고
그런 나를 믿는다

나를 걱정하던 이들이 나를 안고 눈물을 흘리면
귓속말을 한다
안전하게 돌아가세요

담요로 다리를 덮고 있어도 발이 차갑다
방둑에 올라가 걷고 노래하다가 파도를 본다
파도 소리 속에서 다른 얼굴이 된다

이런 풍경을
같이 보고 싶었던 거라고 말해본다

나를 쳐다보던 네 표정이 끝까지 따라와
나를 본다

3부
무너진 적 없는 것처럼

날 갈기

얼굴이 비칠 정도로
갈아두는 것이 좋아요

물 한 움큼 떠서 숫돌 위에 붓는다
젖은 숫돌 위에 날을 올리고
허리를 숙이면서 간다

손가락이 위로 꺾이도록
손톱 끝이 하얘지도록
힘을 주어 민다

이 날로
내 손목을 긋지는 않고
인간의 얼굴을 찌르지도 않고

나와 마주 보며 날을 가는 그에게
할 말이 있다
내가 이곳의 주인은 아니므로

그의 말을 듣기로 한다

오늘은 손을 베었다
날이 지나간 자리에 핏방울이 맺혔다
그는 구급함에서 밴드를 꺼내
내 손가락에 붙여주었다

급하게 날을 다루다가
손가락이 잘려 나간 사람들 이야기를
들려주었다

계속 그에게서 배우면
손가락은 지킬 수 있을 것 같다
그가 내게 설명하는 인생도
가능할 것 같다

갈기를 멈추고 수건에 손을 닦는다
쇳물 낀 손가락을 날 끝으로 긁으며

지문의 굴곡들을 하나하나 느낀다

크리스털

이곳이 무덤의 끝입니다
관리인의 안내가 끝나자
모두가 말없이 계단을 내려갔다
챌판이 높은 계단이었다
석벽을 짚어보면 시원했다
커다란 방 안에 텅 빈 석관들이 늘어서 있다
은으로 주조된 관엽식물들과
물과 불의 형상들이 휘감은
작은 유리관 속
접붙인 검지 뼈 하나가
수직으로 세워져 있다
썩어가고 있다
먼 미래를 내다보며 기도하던 사람
절단칼을 들고 그의 검지를 잘라내던 사람
밤낮으로 유리관을 세공하던 사람이 보지 못한
사백 년 후의 세상에서
방문객들은 먼 길을 마다하지 않았다
그들에게도 지키고 싶은 일들이 있었다

숨소리가 들린다

몇 사람의 얼굴이 일그러진다

나는 지켜볼 뿐이다

조명은 유리관을 비추고 있다

유리관 속에 나의 입김이 퍼지고 있다

관리인을 따라

무덤을 빠져나오면,

아이들이 나를 기다리고 있다

동그랗게 둘러앉아

커다란 개미집을 지켜보고 있다

반영구

다시 과도를 가져다 댄다. 칼 쥔 손목을 안쪽으로 꺾을 때마다. 비스듬히 잘린 사과 조각 하나가 칼날 위에 올려진다. 어제는 밤사이 저 혼자 터져버린 사과를 보았다. 갈라진 표면에서 새어 나온 과즙이 개수대로 흘러가고 있었다.

하부장을 열었다가 굳은 참기름을 긁어낸다. 간장통을 꺼내 마개를 닦는다. 가스레인지의 삼발이와 타일 벽에 남아 있는 기름때를 닦는다. 그래도 영혼이 있다고 믿으시죠? 나를 모르면서 나에게 선의를 베풀었던 그가 조심스럽게 물어왔던 것. 그의 얇은 안경테 속 눈가를 내가 믿고 더욱 사랑했다면

다 털어놨을 것입니다.
나의 영혼들이 속삭이는 과거 이야기와
재빨리 숨길 수 있는 비밀들과
내가 기다리는 세상의 투명한 풍경들로
그의 믿음을 흔들었을 것입니다.

키친타월에 식용유를 묻혀 새 냄비들의 안팎을 닦는다.

연마제가 검게 묻어나온다. 스테인리스 스틸의 표면은 일관되게 빛난다. 사라지지 않는다. 끓는 냄비에서 시작된 식초 냄새가 거실 가득 퍼져 가는 동안, 나는 사과 조각을 하나 더 집어 먹는다. 남김없이 먹는다. 버릴 냄비들을 들고 계단을 내려가면서 한 사람을 지나간다. 그와 눈이 마주치는 순간에도 인사를 건네지 않았다. 이후로는 아무도 볼 수 없었다.

세척을 끝낸 냄비의 바닥에는 무지갯빛 얼룩과 흰 반점들이 생겼습니다. 그것들은 다시 나타날 것입니다. 나는 그것들을 언제든 없앨 수 있습니다.

혜수

혜수는 방파제 앞에서 잡지를 팔고 있다. 일광욕하러 나온 사람들이 가끔 혜수의 잡지를 사 간다. 하고 싶은 게 없는 사람처럼 개는 표정이 없다. 하지만 혜수 옆에 있는 내가, 매트에 누워 링고와 몸을 비비던 내가 5분 이상 바다를 지켜본다면? 링고가 달려 나가도 쳐다보지 않고 수평선만 보고 있다면? 혜수는 가만히 내 어깨를 쥘지도 모른다. 링고의 동선을 주시하면서.

혜수는 내내 잡지만 읽고 있다. 잡지에는 철 지난 일러스트투성이다. 나는 링고를 안고 파도를 본다. 물안개를 본다. 링고야 저것들 좀 봐, 하면서. 내가 링고의 자세가 된 것 같았을 때 뜨거운 바람이 불어왔다. 작은 돌 몇 개가 매트 위로 떨어졌고 굴러다녔다. 돌을 집어보면 휘발유 냄새가 났다. 뭔가가 일어날 것 같았다.

링고는 조금만 뛰어도 숨을 헐떡이는 링고라서 링고에겐 누군가가 필요하다. 혜수는 잡지의 다른 부분을 넘겨보고 있을 뿐이다. 나는 혜수가 나에게 속을 터놨던 날을 떠올린다.

혜수는 링고를 안고 매트에 누워 있었다. 링고를 보고 있었다. 이제 방파제의 상인들이 짐을 정리하면 나도 나의 매트를 가방에 넣을 것이다. 더는 혜수를 볼 일도 없겠다. 그때 혜수가 잡지를 덮고 말했다. 여기를 뜨자. 링고를 챙겨.

옮겨심기

빵과 사과 조각들을
내 것처럼 먹는다

새벽인데 뭐해요
물어도
등은 대답이 없고

흙마당 위에
할아버지가 누워 있다
머리칼은 젖어 있다

위에는 성한 게 많아
드러누워 볼만한 게 많아

무화과나무를 타고
고모가 지붕 위로 올라간다

커다란 무화과 잎 두어 개가

발 앞에 떨어진다

지붕을 가볍게 디디는 소리
거기 있는 거 다 알아요 킥킥,

모조 장미의 글리터가 반짝인다
설탕통 속에서 개미들이 기어 나온다
아름답지 않은 것들이 나를 잠시 안심시킨다

우리가 움직이지 않는 팔을 이불 위에 내버려둘 때
창문을 열고 빵을 굽다가
소파에 함께 앉아 햇빛을 쐴 때

이곳은 우리의 거실이 된다
주방에 단단히 박힌 보라색 타일들은
우리가 직접 고른 것 같다

돌들의 감촉을

엉덩이에 남긴 채

나는 돌을 들춰
죽은 공벌레들이
모여 있는 것을 본다
뾰족한 돌을 손에 쥐고

나이든 어른들이
식목을 다듬다가
나를 보며 손을 흔든다

작은 새들이 날아와 걷다가 가는
저 깊지도 않은 웅덩이에서
고모는 빠져 죽었다

올라와
이걸 잡고 올라와야 한다
어른들은 말했다

할아버지는
저렇게 누워만 있다

대문 앞 평상 위에서
깨를 널어둔 비닐하우스에서

만개한 탱자 꽃이 길가를 채우면
탱자나무 가시 위에
봄옷들이 걸린다

너는 서서
널어둔 홑이불이 펄럭이는
잔디를 보고 있다

나는 마루에 쌓여 있는 탱자들을
마당으로 굴린다

탱자 하나를 집어서
할아버지 등을 향해 던진다

등에 땀이 고이도록 낮잠 자고
배회하는 개들의 숨소리와 발소리를 듣다가
짐을 챙겨 나왔다

온정에 매달려

당신은 존경받는 귀족이었고 말이 너무 많았지 나는 어릴 때부터 당신의 문장을 암송해야 했다

잠들기 전 침대맡에서
말린 과일들을 두고 동생과 다툰 뒤에도

오직 당신 안에서만 내 영혼이 쉴 수 있으니
흩어지는 나를 거두어 모아주시고
내 어떤 부분도 그곳을 떠나지 말게 하소서

약혼자를 기억 못하고
가정교사 자리에서 해고되고
강제 입원되던 밤에도
이 기도문을 외웠지
나는 살아남아 당신의 심복이 되었다

당신을 이해하겠다고 너무 많은 사람이 인생을 허비하고 말았지 그들은 당신에게서 어떻게든 좋은 것을 찾아내려고

했다 당신이 겪었던 많은 일이 실은 불행했던 사람이 지어낸 이야기였다는 걸 알았다면 그들은 더욱 쓸쓸하게 늙어갔을 것이다

나도 얼마 남지 않았다
말하면서도
당신의 표정은 즐거워 보여
나와의 오후를 기대하는 것처럼 보인다

우리는 녹음으로 둘러싸인 물가에 앉아 있었다 그늘에서 몸을 말리다가 다시 물속으로 들어가 시간을 보냈다 숲에서는 흙먼지가 솟아올랐다 옷과 바위 사이로 도마뱀이 기어 다녔다

물속으로 뛰어드는 아이들과 망설이는 아이들을 지켜보다가 당신은 여기가 어디냐고 물었다 나는 머리칼을 가볍게 감싸 쥐었고 당신이 원하는 대답을 들려주었다

오늘 아침에 죽은 당신은
어제보다 젊은 얼굴로
관 속에 있다
조문객들이 빠져나가고
나는 당신 옆에 앉아서 편지를 쓴다

지극히 사랑하는 고모님! 슬퍼 마세요 선생님은 평화롭게 잠드셨습니다 그리고 제 형편은 걱정하지 않으셔도 됩니다 저는 남은 3개월분의 보수를 약속 받았습니다

창밖에서 아이들이 눈을 밟는다
서로가 디딘 곳을 따라 디디며
커다랗게 원을 그린다

어떻게든 우리는 심판 받겠지요

어젯밤 꿈에서 나는 사람을 죽였던 것 같다. 내가 건장한 40대 남자를 녹슨 드럼통에 넣고 불을 질렀다는 것이다. 그가 나와 얼마나 가까웠는지, 죽어 마땅한 인간이었는지, 어떻게 내가 그를 단숨에 제압할 수 있었는지는 기억나지 않는다. 손에는 흔적이 없었다. 피도 단도도 기름 냄새도. 떨리는 팔목을 다른 손으로 붙잡고 다리를 움직였다. 낡은 전신주가 늘어선 골목을 지나갔고 계단을 천천히 올랐다. 집에 사람이 있었다. 그는 나의 오랜 친구였고 믿을 만한 인물이었다. 어깨를 흔들어 그를 깨웠다. 친구가 주섬주섬 옷을 꺼내 입고 무슨 일이냐고 물었을 때 알았다. 나는 사람을 죽일 수 있는 인물이 아니다.

사람 많은 곳을 돌아다녔다. 시청청사와 도서관을, 수산시장과 기차역을 오가며 여러 얼굴들을 통과했다. 젖은 등을 봄볕에 건조시켰다. 마을버스에서 내려 다시 골목에 이르렀을 때 전신주에서 안내방송이 들렸다. 이곳에서 끔찍한 일이 일어났다고. 신고를 기다리고 있다고. 낮고 차분한 목소리가 나의 고막으로, 마을 전체로 퍼지고 있었다. 눈을 뜨면 낮

익은 천장이 보였다. 피로를 이기지 못해 눈을 감으면 미색의 확성기가 보였다. 다시 눈을 부릅떠도 낮은 목소리의 파동이 피부에 닿았다. 손바닥으로 얼굴을 문질렀다. 손가락 끝으로 바닥을 천천히 두드렸다. 기어가서 핸드폰을 쥐었다.

간음하지 말라. 어떤 날엔 다섯 달란트를 받기 위해 외웠고 어떤 날엔 식판을 받기 전에 외웠다. 내 자라나는 신체를 알기 전에. 어른의 환대가 두려워지기 전에. 세상에는 너무 많은 유혹이 있었다. 만화책 속 주인공의 대사부터 좋아하게 된 사람의 표정까지. 매일 용서를 구했지만. 성가대석 가운처럼 밝은 몸을 갖고 싶었지만. 그들은 나만큼도 무서워하지 않았다. 어린이 예배실에서. 여름성경학교와 수련회에서. 간음하지 말라. 길거리에서. 내 작은 손에 쥐여진 전도지 속에서. 후보자를 일으켜 세운 뒤 박수로 화답하는 예배당에서. 법정 앞 계단에서. 나 너의 신체 망각 감정 속에서.

신앙이 무너진 자리에도 죄책감은 철근처럼 남아 있다. 땅을 밟으면 흩날리는 흙먼지가 있다. 학살의 장소에 세워진 기도처가 있다. 그곳엔 벽을 가린 두 개의 휘장과 작은 촛불들이 무수히 놓여 있다. 매일 세 번 기도하는 수사들이 있고 그들을 찾아온 구도자와 부랑자가 있다. 넘어진 촛불 하나가 휘장에 붙고 순식간에 벽이 불타오르고 모두가 물동이를 들고서 황급히 달려드는 저녁기도 시간이 있다. 나는 그 장면에서 기도처를 나온다. 녹아내린 종교심을 끌고 다니며. 휴화산을 등진 휴양지로, 화물차가 밀려드는 대도시로, 사람 하나 없는 지옥으로 간다. 휘장 뒤에 숨어 계신 아버지는 거기 영원히 숨어 있을 것.

선순환

건너편 벤치에서 노인이 햇볕을 쬔다 나에게 아몬드 한 움큼을 건넨다 내 손에서도 갓 볶은 아몬드 냄새가 난다 나는 다이어리를 꺼내 지나간 날짜 위에 외계인을 그린다 눈을 감고 떠다니는 외계인, 주먹으로 가슴을 두드리는 외계인, 누운 채 숨을 내쉬는 외계인, 외계인이 늘어나도 외계는 조용하다 저녁에는 소파에 누워 싸인공을 만진다 실밥을 따라 공을 돌리다가 쥔다 허공으로 던지고 팔을 뻗는다 이 공을 준 친구는 여기까지 와줘서 고맙다고 했다 거기서 그 애 이야기를 오랫동안 들었다 더는 갈 곳이 없다고 친구는 말했다 차가운 바닥 위로 땅거미가 내려앉는다 나는 스툴 위에 앉아 양말을 신고 물을 올린다 아몬드 몇 개를 입에 넣는다 바닥에 누워 귀를 대면 난방 배관으로부터 소리가 들린다 물이 끓는 소리와, 멈추고 흐르는 소리가 들린다 손을 펴서 바닥을 누르다가 두드려본다 몸을 나사처럼 돌리며 빈 바닥을 밟는다

전문가

그는 기계 앞에 앉아서 기계를 본다. 기계는 뜨겁다. 터질 것 같다. 그는 기계의 작동법을 안다. 기계 내부의 세척 주기와 기계가 고장 나는 임계점을 정확히 알고 있다. 그는 식지 않은 기계를 지금처럼 지켜본 적이 있다. 그러다 주방에서 식칼을 꺼내 쥐고 거리로 나간 적이 있다. 놀라서 물러나는 사람들을 그는 가로질렀고, 저벅저벅 걸어서 방파제 위로 갔다. 그날 거기 앉아 일몰을 지켜보면서 그는 생각만으로 몇 명을 죽였다고 했다. 머리를 쓸어 넘기며 입맛을 다시는 기분이 좋았다고 했다. 그는 언제나 다 말하지는 않았다. 내가 기억하는 것은, 형광등 아래에서 빨래를 개던 그의 흐린 윤곽들, 배트가 허공을 가르는 소리, 창문을 뚫고 지나가던 오토바이 엔진 소리, 지면에서 발을 떼며 핸들을 당길 때 그의 헬멧 속에 들어 있던 커다란 눈동자. 함께 달리기를 끝내고 들어가던 저녁에는 청보리 사이를 지나갔다. 그때 그가 침착하게 휘저었던 것, 한참을 응시하던 밤바다 위로 뛰어들던 순간이 아직 그에게 있다. 그와 함께 움직이고 있다. 두 손을 바지 주머니에 찔러 넣은 채 기계 앞에 서 있던 그가 씨익 웃는다. 나는 기계가 그에게 말을 건 것이라고 생각한다. 그가 그 소리를 끝까지 듣고 있었던 것이라고. 그는 다가가서 기계를 한 번 건드려본다. 기계 위의 먼지를 구석구석 닦다가 기계의 전원을 내린다.

사람이 싫어지면

텐트를 치고 산책을 했다.
녹슨 주유기에서 휘발유 냄새가 났다.
지나가던 누군가가 말을 걸어도
말없이 왔던 곳을 가리켰다.

찰리는 찬배와 나타났다. 그는 나의 모국어로 인사를 했다. 활짝 웃는 찰리의 건치가 마음에 들었지만 나는 모르는 사람 만나는 일에 지쳐 있었다. 나긋한 찬배의 얼굴 앞에 앉아서 그저 쉬고 싶었다. 다 아는 이야기나 나눠가면서.

찰리가 주먹을 쥐었다가 펴면 동전이 사라졌다. 동전은 다시 나타나지 않았다. 나는 수집해온 동전들을 꺼내 찰리의 손바닥에 올려놓았다. 그것들이 찰리의 손에서 하나씩 사라지는 순간에 빠져들었다.

여기가 마젤란 해협이야.
차를 세우며 찬배가 말했다.
오늘은 마젤란에서 자자.

찰리가 말했다.

찬배가 피운 불에서 연기가 솟고, 나는 맥주병을 두 손으로 모아 쥐고, 솟구치는 불꽃들과 발그림자, 그을음 너머에서 옛날이야기를 들려주는 찰리 얼굴, 검은 숲 검은 해협 검은 파도 소리 속에서, 집게로 하나둘 감자를 빼내는 찬배의 어깨에 기댄 채로 나는

찰리가 너무 좋다고,
너를 사랑하고 있다고
맥주병을 내밀며 외국어로 말했다.
비틀거리는 나를 찰리가 일으켜 세울 때까지.

하지만 찬배야,
나는 찰리가 지겨워. 오즈 앞에서도 오즈의 모국어로 인사를 건네고 내가 본 마술들을 똑같이 보여주고 액션캠이 멋지다고 말하는 오즈에게 자기 장례식에 오면 이 영상들을 보게 될 거라 대답하는 저 패턴을

너는 몇 번이나 봤던 걸까.

칠 년을 떠돌면서 일했고, 이제 다시 일을 시작해야 해서 겁이 난다고 말하는 오즈가 나는 궁금했지만

찰리는 낯선 사람을 몰고 다녔다.

찬배와 오즈는 찰리와 헤어지지 않았다.

밤에는 혼잣말을 했다. 바위 위에 드러누워 찬 공기를 들이마셨고 커지는 내 숨소리를 들었다. 눈 뜨면 살아 있을까. 한 사람은 남아 있겠지.

한번 생긴 표정은 다시 나타났다. 꿈속에서 나는 나에게도 비난받았다. 내 울음소리가 멈출 때까지 기다렸다가 식빵을 굽고 텐트를 걷었다. 거대한 산맥 너머로 매일 해가 졌다. 나는 핸들을 놓지 않았다.

스퀘어

강은 출렁인다
광장은 아름답다

강 건너편에는 궁전들이 늘어서 있다
건물마다 긴 회랑이 놓여 있을 것이다

금장식된 천장과 초상화가
복도와 복도로
계단참으로
이어지고 있을 것이다

저 중에 호텔이 있다면
밤과 강이 내려다보이는 객실에서

말 거는 남자애 없이, 깊이 잠든 취객들의 잠꼬대도 없이, 오래된 스탠드 등 아래, 바삭거리는 이불 속에서, 긴 겨울밤을, 이 도시의 거주자들을, 외투 위로 흩어지는 입김들과 떠다니는 환영들을, 떠올리며 눈을 감는, 뜨지 않는, 죽은 신체

조차 소거되는 고립이라면……

유람선은 멈춰 있다

사람들은 웃고 있다

공연자를 바라보며 손을 흔든다

그들이 같은 노래를 함께 부를 때

모두가 땀을 흘릴 때

가설무대를 설치 중인 인부들이 1층에서 2층으로, 3층으로, 건너편 인부에게로 철골을 하나씩 넘겨주면서

그 노래를 따라부를 때

추락하는 인부 하나 없을 때

뒤에 앉은 사람이 앞사람을 끌어안을 때

아무것도 얼어붙지 않는다

아무도 실려 나가지 않는다

한 손으로 귀를 가린 채 속삭이고 있을 때

그 모두의 뒤편에 바탕화면처럼 커다란 궁전이 있다
무너진 적 없는 것처럼

라디에이터

수직 기둥 주름 속에서
온수가 순환하고 있다
가끔 물 흐르는 소리 들린다

내부의 열기가
외부의 금속으로 전달된다
주변 공기로 퍼져 나온다

공기는 가볍다
벽을 타고 올라가
천장까지 올라가
찬 공기를 밀어낸다

밀려난 공기는 반대편 벽을 따라 내려오고
밀어냈던 공기는 위에서 식어가고
똑같은 방식으로 밀려난다

못 푼 문제에 시간을 다 썼다

시험지를 넘긴다

대류는 이류와 확산을 포함한다
수평 방향으로 일어나는 유체의 흐름은 이류다
이류는 바람에 의해서만 발생한다
확산은 유체를 이루고 있는 입자들이 다른 물질과 충돌하며
사방으로 퍼져 나가는 현상을 일컫는다

심장은 박동하며 혈액을 내보낸다
혈관을 통해 순환되는 혈액이 열대류를 일으켜
체온을 유지시킨다

바다 안개는 이류다
물속에 떨어뜨린 잉크,
손등에 바른 로션 냄새,
돼지들이 생매장된 지층의 지열은 확산이다

겨울밤

광활한 초원 위에서
자동차 연료가 바닥난다
열대류가 멈춘다

나가도 되나요?
손을 들고 말한다
안 돼
선생님이 대답한다

오래전 설치되어 녹슨 주물
수직 기둥 주름

그 속에 밀봉된
온수 한 컵
온수 두 컵
온수 사십사만 개

빈 교실에 누워

머리끝까지 이불 덮기

배기밸브 열린다
하얀 증기가 직선으로 솟아오른다

빈방의 철우

철우 방에는 은분의 양동이가 있다. 빛이 번지고 또 번지는 스텐 양동이. 발을 담그면 공기가 무릎까지 찬다. 봄에는 크레용과 책가방을 담고 겨울에는 수돗물을 담는다. 하릴없이 지루한 날이면 물 위에 얼음을 올린다. 말린 귤껍질. 색종이. 찬송가. 훔쳐 온 백과사전에서 오린 꽃 사진을 띄운다. 휘저어본다.

방학 동안 아빠 집에 다녀왔다는 철우 이야기를 들으며. 철우 너는 웃는 게 정말 귀엽다. 손잡는 게 좋아서 우리는 손을 잡고 걸어 다닌다. 그걸 보고 하나도 세호도 호길이도 손을 잡고 다닌다. 철우 너는 서울에서 나쁜 것만 배워 왔구나. 이건 박길호 선생님의 말. 아빠는 집에서 이따 만한 금붕어를 세 마리나 기른다. 이건 옥상 앞 계단에서 철우가 자랑하며 건넨 말.

철우 방 벽에는 그림엽서 네 개가 붙어 있다. 앞을 향해 뛰어가는 사람. 아늑한 실내를 응시하며 담뱃재를 터는 철우. 인간의 손을 잡고 뛰어오른 개의 미소. 그리고 부레옥잠. 수

변생태학습장에서 처음 그것을 건져 올렸을 때 철우는 생각했다. 부레옥잠은 부레옥잠처럼 생겼다고. 그중 하나를 뜯어오고 싶었지만 철우 집엔 연못이 없었다. 어느 날 철우는 부레옥잠 세밀화가 그려진 엽서를 산다. 그것을 코팅해 벽에 붙인다. 방이 물에 잠겨도 이것만은 수면 위로 떠오를 것이란 생각이 오늘도 백철우를 잠시 진정시킨다.

철우는 높이뛰기를 한다. 방 벽과 벽 사이를 노끈으로 연결하고. 발을 구르고. 등을 활처럼 뒤로 젖히고. 엉덩이가 바를 완전히 넘어갈 때. 발목을 공중으로 당기듯 끌어올리기. 오른쪽 어깨 먼저 매트리스 위로 떨어지는 것이 좋다. 목이 꺾이는 대신 베개가 들썩이는 순간의 산뜻함. 그대로 한 번 더. 철우는 벽지를 휘저어본다. 양동이가 엎어지고 바닥이 흥건해져도 아무도 눈치채지 못한다.

미관광장

이 새끼
지옥에나 떨어져 버려
중얼거린 이후로
너는 나의 지옥으로 분양되었다

지옥은 대뇌변연계에 있어
내 두개골 속 해마와
편도체 사이
신경다발 어딘가

나의 지옥에는
죽어서도 부지런히 움직이는 사람이
몇 명쯤 된다

가끔 그들은 지옥문을 열고 나와
목주름 하나 없는 얼굴로
내 옆에서 산보한다

너는 망상이야
경고하면 너는 내 얼굴을 들여다본다
좀 더 사람처럼 해줘
말하면서 배꼽을 간지럽힌다

우리는 조경수 앞에 앉아
노래하는 분수를 올려다본다
아이 하나가 물속을 휘젓고
녹색 물줄기가 솟아오르며 아이를 뒤덮는 것을

사람들은 참 이상해
궁금한 것처럼 물어봐놓고
자기 말만 한다
그런데 그게 더 재밌다

있잖아, 네가 나를 아낀다는 걸 알았을 때
나는 속수무책으로 털어놓고 말았어
그게 얼마나 위험한 짓인지도 모르고

실은 더한 것도 할 수 있지
너만큼 빠르게 치고 들어온다면
너보다 믿음직스러워 보인다면
가진 걸 전부 줄 수도 있지

직박구리가 날아오르며
내 이마를 관통한다
네가 나의 앞머리를 뒤로 넘긴다
두 갈래로 땋아준다

재주도 좋지

그는 또 말없이 나가고
유리잔에는 그의 지문과 입술 자국
출처를 알 수 없는 얼룩들이
뿌옇게 남아 있다

밤에 그가 돌아오면
또 당신이로군
오늘은 구둣발을 두고 왔군

나는 식탁보를 털고
아만다에게 편지를 쓴다

아만다, 내 사업은 결국 성공하고 말았어. 많은 사람들이 나를 찾고 내가 우린 차를 좋아하게 되었어. 내 모험은 끝나버렸지만, 너희를 저버리고 이렇게 도망쳐버렸지만 이 글을 써. 너는 돌 위에 올라서서 너를 지나쳐가는 사람들에게 외쳤지.

우리는 말한다

비밀과 침묵의 동료로서
정부는 우리의 안전을 보장하며 신원을 인정하라
쌓인 상처 위 오디나무 잎사귀가
마지막 숨을 쉴 때까지

새로 지은 이름은 어떠니. 아만다, 알고 싶어. 덥수룩한 턱수염이 마음에 드는지. 루카스와는 지금도 연락하며 지내는지. 타이어 위에 앉아서 콧등에 얼룩을 묻힌 채. 나는 유턴하는 선박들을 삼십 분째 지켜보고 있어. 네 계좌번호와 새로운 이름 알려줘.

문을 연다
비가 오고 강풍이 몰아치는 날에도
공룡들이 산책하는 맑은 날에도
창문을 열고서 내 쪽으로 쏟아지는 먼지를 후 분다
원탁 위의 식기들을 치운다

두 손으로 볼을 감싸고

목을 감싼다

다 끝났구나

우리 안

멀리서 덩치가 온다
우리의 문을 열어 그를 맞아들인다
팔을 벌려 덩치의 허리를 끌어안는다
그가 나를 소형견처럼 들어 올리면
언제나 생각보다 부드러운 덩치의 볼과 목에
입을 맞춘다

여물
드럼통
당나귀의 잘린 귀
쌍무지개의 왼쪽 끝이 곡선으로 꽂혀 있는
소의 등줄기

넘어진 수조를 향해 오리가 걸어간다
나도 따라 걸어가
물맛을 본다

젖은 여물 위에 하루 종일 앉아 있어도

잠을 자고 일어나 봐도

소에게서 우유를 얻는다
오리에게서 소리를 얻는다

깨진 발톱 사이에 굳어 있는
오리의 핏자국을 긁어낸다
속옷을 벗어 빗줄 위에 말린다

덩치는 나를 향해 총을 쏜 적이 있다
쓰러진 덩치를 들쳐 업고
돌아오면서

나는 겁을 냈었다
그자의 목숨이 붙어 있었기 때문에
원하는 건 무엇이든 들어주고 싶을 만큼
그의 얼굴이 여려 보였기 때문에

구할 수도 있었어
내가 말하자
덩치는 내 머리만 한 왼손으로 흙바닥에 원을 그린다
원 안으로
푸딩과 권총을 내민다

푸딩을 남김없이 핥아 먹음으로써
덩치와의 긴 협상을 시작한다
협상은 언제든 종료될 수 있다

소는 끌고 나머지는 버린다
덩치를 여물 아래 묻어주고서
나는 우리 밖으로 나와 문을 잠근다

한참을 걷다가 뒤돌아보면
검독수리 떼가 우리 위를 돌고 있다
날개를 퍼덕이며 오리가 난다
아마도 꽥꽥 울면서

노크

*

선생님, 부유해지고 싶은 마음을 이제야 마주하게 됐는데 방법을 모릅니다. 누가 자꾸 알려주겠다고 하는데 무섭습니다. 성당에 나가지 않은 지는 오래되었어요. 저는 언제쯤 온전한 무신론자가 될 수 있을까요.

*

사람들은 채를 화채라고 불렀다. 화가 나면 테이블 위의 책표지가 들릴 정도로 고함을 질러댔으니까. 채의 눈물이 채의 볼을 타고 또르르 흘러내리던 날. 채가 느낀 슬픔을 가늠하던 나에게 채는 말했다. 이 눈물은 슬픔이 아니라고. 화라고. 내 화의 자식들이라고. 나는 채로 인해 새 사람이 됐다. 채처럼 화낼 수 있게 되었으니까. 화를 낼 줄 알면, 아주 잘 낼 수만 있다면 장래희망 같은 건 필요 없었다.

다 해낼 것처럼 굴다가 멈춰버리는 채.
눕는 채.
아무것도 할 수 없고 먹을 수도 없는 채.

화장실로 달려가 구역질하는 채.

트림이 나왔다고 즐거워하는 채.

멀쩡히 일어나 백설기를 먹고 도넛을 여러 맛으로 골라 먹고 아이스커피를 들이마시는 채.

채는 잔다 조수석을 최대한 뒤로 젖힌 채.

입을 조금 벌리고서 잔다.

농구대야, 나는 채에게 곡기를 끊고 인생을 마감하는 선택을 제안해볼 생각이다. 채는 화를 내겠지.

*

군인 가족은 관사 아파트에 모여 살았다.

하나가 말했다.

다 맞으면 만 원을 받아.

다섯 개가 넘게 틀리면 혁대로 맞아.

회식에서 돌아온 날은 둘 중 하나야.

하나는 나를 옥상으로 불렀다. 병원놀이를 하자고 했다. 배에 청진기를 대어보면서 큰 수술이 필요하다고 했다. 나는 하나에게 까맣게 탄 허벅지와 아랫배를 내보였다. 하나는 심각한 표정으로 빨강 사인펜을 꺼냈다.

다음 날 저녁 식탁에는 과일바구니가 놓여 있었다. 하나 엄마가 백화점에서 사 온 거라고 했다. 하나는 4교시가 되어서야 등교했다. 이마를 세 바늘이나 꿰맸다며 자랑을 했다.

아이들은 무럭무럭 자랐다.

어느 집 어른이 몇 호에서 어떻게 죽었는지 모른 채로.

장미아파트는 총 두 채.

불 꺼진 농구대 앞에서.

누가 뭘 심고 있었더라.

중앙현관에 들어설 때 윗집에서 고성이 들린다.

나가.

나가라고.

나가 죽으라고.

경비실 문을 두드린다. 선생님, 말씀 좀 전해주세요. 밤 10

시 이후에는 조심해 달라고요. 어젯밤엔 자정이 다 되어가는데도 괴성을 지르며 쿵쾅거리시더라고요. 쪽지를 붙일까 했는데요. 아랫집이 그랬다고 말씀하진 말아주세요. 부탁드립니다.

*

오프닝 곡이 끝나자 앞 좌석에 앉은 사람이 뒤를 돌아보며 나에게 손사래를 친다. 치지 마시라고요. 네? 발로 등받이 치지 마시라고요! 제가요? 제가 안 그랬어요. 저 아니에요. 나는 맹세코 나의 두 발로 그의 등받이를 치지 않았다. 나는 그런 사람이 아니다. 수십 분이 흐른 뒤 내가 내린 결론은 이 공연장의 바닥이 다른 공연장과 비교해 딱딱하다는 것. 누군가 조금만 발을 옮겨도 작은 울림이 발생한다. 조금 전엔 내 뒷줄 오른쪽 끝에 앉은 사람이 다리를 꼬려고 발을 바꿨을 뿐인데도 그 진동이 나에게까지 왔다. 그러므로 우리 줄의 누군가가 공연 도중 발을 조금 세게 디뎠고 내 앞자리에 앉은 사람은 그 순간의 진동을 내가 자신의 등받이를 친 것으로 착각했던 것이다. 다른 가능성도 있다. 그가 나의 무례함을 지적하기 바로 직전엔 두 발을 바닥에 잘 붙이고 있었지만, 착석한 이후로 나 역시 내 발을 몇 번쯤 바닥에 두드렸을 가능성. 혹여 내가 정말 발끝으로 앞사람의 등받이를 친 것이라면, 저 사람이 옳았고 내가 무례를 저지른 게 맞다면 나는 모처럼 공연을 관람하러 왔을 사람의 기분을 망쳐버린 방해자가 맞다. 오페라 공연 중 재채기를 하고 말았던 이반 드미트리치 체르뱌코프처럼.☾ 이후로 자세를 바꾸고 싶어질 때마다 나는 보호필름을 핸드폰 스크린에 붙이듯 발을 떼었다가 붙였다. 공연이 끝날 때까지 다섯 번 자세를 바꾸었다.

*

선생님, 이것은 재앙이 아닌가요? 저는 또렷이 기억하고 있어요. 더는 군인 가족이 아니게 되던 날의 평화를요. 저를 배웅하러 나온 애들이 손 흔드는 것을요. 조수석의 콧노래가 코 고는 소리로 바뀔 때까지 저는 왕꿈틀이를 하나씩 삼키면서 창밖을 바라봤어요. 그게 끝인 줄 알고요.

☾ 안톤 체호프, 「관리의 죽음」, 『체호프 단편선』(박현섭 옮김, 민음사, 2002)

해설

지키는 약속

홍성희 / 평론가

이새해의 시에는 얼굴이 있다. 몸이 없는 얼굴, 몸을 구하는 얼굴, 말해도 들어주는 이 없는 얼굴, 잊히는 얼굴(「특별인사」). 만화 속 캐릭터처럼 입을 찢고 표정을 지어 만드는 얼굴(「뒤돌아보면」), 훼손되어 본래의 모습을 알 수 없게 되는 얼굴, 그렇게 비워지는 얼굴(「우리의 것」). 그 가운데에도 영원히 지워지지 않는 얼굴(「후원요청서」), 한없이 기다리게 되는 얼굴(「그린빌」).

관심과 무관심, 애정과 폭력의 복판에서 그것들은 모두 "사람의 얼굴"(「그린빌」)이다. 시간과 공간, 언어와 경험, 기억을 공유하는 조건 속에서(「땅에 사탕을 심으면」), 얼굴들은 "다양한 방식으로" "접고 또 접는" 종이 개구리처럼(「등장인물」) 복제되거나 위치를 바꿔 서로 구분되지 않는다. 만화책 속 이발사 아버지의 얼굴은 이발사 할아버지가 '나'에게 만들어준 얼굴과 그것을 지켜보는 뒤편 고모들의 얼굴로 겹쳐지고(「뒤돌아보면」), 닮은 얼굴들은 서로의 등에 올라타 어깨를 감싸고 등을 누르며(「업고 업혀」) '사람의 얼굴'을 더 붙어 잇는다. 이새해의 시에서 얼굴은 그렇게 구체적인 생김새들이 아니라 얼굴의 자리로 부옇게 있다. 시는 그 자리를 거듭 그린다.

그의 시가 그처럼 얼굴의 자리에 마음을 쏟는 배경에는 오래된 언어에 대한 기억이 있다. 그의 사람들은 내내 타인의 언어로 만들어진 세계 속에서 살아온 긴 시간을 마주한다. "어떤 날엔 다섯 달란트를 받기 위해" "어떤 날엔 식판을 받기 전에"(「어떻게든 우리는 심판 받겠지요」) "당신의 문장을 암송해야 했"(「온정에 매달려」)던 기억. "간음하지 말라" 같은 명령형의 문장이 "차가운 철문"과 "두 개의 나무 문"처럼, 스테인드글라스처럼 겹겹이 사람들을 둘러싸던 기억. 그것을 복기하며 이새해의 인물들은 할머니의 기도 소리가 "내 등을 두드리"(「땅에 사탕을 심으면」)는 것만 같던 감각으로 지금 이곳의 몸을 환기한다. 언어는 "나를 쳐다보던 네 표정"처럼 어떤 얼굴이 되어 "끝까지 따라와/ 나를"(「나를 보는 네 표정에는 기쁨이 없다」) 보고, 그 시선 안에서 '나'는 기쁨이

나 안식의 기척을 찾는다.

"오직 당신 안에서만 내 영혼이 쉴 수 있으니/ 흩어지는 나를 거두어 모아주시고/ 내 어떤 부분도 그곳을 떠나지 말게 하소서"(「온정에 매달려」) '나'의 기도의 문장으로 번져오는 '당신의 문장'은 예배당을 나오고 신앙이 무너진 다음에도 "아끼는 보온 물주머니"(「아무 해도 끼치지 않는 가설」)처럼 간직되고, 그 온기의 기억에 '나'는 내내 닿아 있다. 믿음의 훈기, 혹은 온정에 대한 믿음 안에서 이새해의 시는 얼굴이, 다리가 지워지는 장면에 닿는다.

> 부드럽고 두툼한 이불 속에서
> 나는 벌거벗은 채로 있다
>
> 당신은 어디까지 솔직할 수 있는가
> 문어체로 질문하는 너의 뺨에서
> 살 냄새가 난다

(중략)

부활을 소망하며 새겼다는
벽화 속 얼굴들의 이목구비는
훼손돼 있다

빈 얼굴들의 테두리가
벽을 가득 채우고 있다

좌석 위에 놓여 흔들리는
우리의 다리는
오랫동안 퇴화해 온 생물 같다

버스의 조명등이 꺼지면
검은 바다가 내다보인다
점퍼를 펼쳐 다리를 덮는다

—「우리의 것」 부분

시에서 '나'와 '너'와 '우리'의 몸이 그러하듯 시간 속에서 몸은 여러 곳에 있다. 하나의 걸음으로 이 국가에서 저 국가로 이동하고, 따뜻한 이불 속과 분수 앞, 오래된 건물 안에 번갈아 출몰하며, 혼자인 상태에서 '너', 혹은 여럿과 함께인 상태로 넘어가기도 한다. 그런 움직임은 자유롭고 자연스러운 것처럼 보인다. 그러나 한 나라의 영토 안에 착륙하고도 국경 관리소의 질문을 상대하며 도장을 받아야 비로소 그 나라에 도착할 수 있듯, 몸은 늘 명시적이거나 그렇지 않은 승인과 판단들이 전제된 곳에 있다. "한 번 앉으면 빠져나갈 수 없"(「땅에 사탕을 심으면」)는 장의자의 가운데 자리에서처럼, 부드럽고 두툼한 이불 속에서 벌거벗고 있어도 타인의 기척, 어떤 약속과 그것을 지켜야 한다는 의식은 몸 가까이에 있다. 움직이는 힘이 그 자신에게 있지 않은 듯, "오랫동안 퇴화해

온 생물"(「우리의 것」)처럼, 움직이는 일을 낯설게 느끼는 가운데 그렇다.

하여 안온한 온기 속에 머무는 일은 마냥 따뜻하고 '어렵지 않은' 일은 아니다. 스스로 움직일 수도 자리를 빠져나갈 수도 없이 "복에 복을 더"해가는 폐쇄 속에서 몸에는 "욕창이 생"(「업고 업혀」)기고, 지워지는 얼굴과 다리의 이질감을 덮어 가리면 옷에서는 "사체 썩는 냄새가 난"(「돌 앞에서 돌 줍기」)다. 온도가 야기하는 그 부패를 온몸으로 느끼면서 이새해의 시는 그것이 몸의 일의 전부가 아니기를 내내 바란다. "너의 주먹", "나의 눈"(「우리의 것」), 거듭하여 몸의 부분을 나누고 '너'와 '나'를 나누어 불러, 개별이 움직이는 순간들을 적는 것. 그것으로 그의 시는 '우리'의 몸을 세부가 지워진 테두리나 차이 없는 자리가 아니라, 고유한 냄새를 가지고 미세한 근육을 움직이는 생명-체-들로 기억해내려 한다. 몸을 움직이는 힘은 일방적으로 도착하던 언어와 시선의 방향을 비트는 눈-움직임의 힘이, 오래된 '온기'의 문법을 정확히 바라보는 일의 시작이 되기도 하기 때문이다.

사람들은 매일 춤을 춰. 공원수 주위에 모여서 추고 페인트가 벗겨진 옥상에서 춘다. 너는 파트너 없이도 췄다. 여름밤 거리에서 췄고 눈 덮인 해변에서 췄지. 아무도 없는 방에서 팔을 흔들던 네 모습을 나는 누워서도 본 것 같았다.

(중략)

다음 여름에도 사람들은 춤을 추겠지. 모두가 쓰러지듯 잠든 새벽에 너는 내 목을 만지면서 말했어. 더 깨어 있고 싶다고. 나는 너에게 질문하게 돼. 이 많은 사람은 어떻게 살아남았나. 누군가 다가와 내 어깨를 감싼다. 나는 그의 팔을 잡고 일어서게 돼.

—「여름으로부터」 부분

시에서 '나'들은 '나의 눈'으로 보는 일을 반복하고, 시는 '나'가 보는 것을 반복하여 적는다. 스스로 시선을 움직이고 시야를 좁히거나 넓혀 '너'와 '사람들'을 바라보는 경험은 과거에서 현재로, '다음 여름'에 대한 예상으로까지 이어지며 다리를 굳게 하던 얼음을 깨고, 어깨를 감싸는 손에 등이 눌리는 대신 '그의 팔'을 잡고 일어서게 한다. 신체 움직임은 세계를 읽어내고 판단하는 힘이 되고, '나'는 주어진 문장을 외우던 시간을 넘어 '너'에게, '사람들'에게, 세상에게 질문하는 문장을 새긴다. 그 문장으로 세계는 폐쇄의 상태를 온건히 지속하기 어렵게 되고, 시는 그런 문장의 기록물이 되어 세계 '바깥'으로의 움직임을 예비할 것만 같다.

그러나 다시 한번, 보는 일은 '나'에게도 시에게도 그처럼 가볍게, 낙관적인 약속처럼 이루어지지 않는다. "좋았던 것들로부터" 나아가는 일, "다발을 쥐었던 내 손이/ 보지 못한 시간을" 새로 보는 일은, 다발을 쥐었던 나의 손에 시선을 회복해주는 일뿐만이 아니라, 내 손에 쥐였다 "거꾸로 매달린 수국"의 눈으로, 여전히 묶인 채 '좋은 것' 이후의 시간을 "끈질기게 내려다보"(「일요일」)려는 일로서 비약과 용기를 필요로 하기 때문이다. 이를테면 보는 일은 '당신'이 "나의 허벅지를 무릎으로 누르고, 상기된 얼굴로 내 목을 조를 때의 눈빛을"(「후원요청서」) 마주해야 하는 폭력과, "먼 들판에서 도륙"된 자들의 "굳은 손가락에서 빼냈을 반지들을" 뒤적이며 "활짝 웃는 자"인 자신을 마주하는 폭력을 동시에 요청한다. 그 가운데 결박되어 있는 손과 결박하는 손은, 좋은 것과 좋지 않은 것은 쉽게 이분되지 않는다. "너희는 도둑이다/ 나의 친구들이다"(「파수」)라는 문장이 발화될 때 문장 안에는 '그런 어른들'과 '그런 아이들', '그런 사람들'이 있는 가운데 "나는 그런 사람이 아니"(「노크」)라 믿는 방식으로 오랜 문법 속에 있던 '나'의 시간이 깃들어 있다. "이 많은 사람은 어떻게 살아남았나"(「여름으로부터」)라는 '나'의 질문은 그 시간의 이름으로 자신에게 돌아와, 움직임과 움직이지 않음, 깨어 있음과 깨어 있지 않음이 서로를 배제할 수 없는 현실에서 '보는 일'을 다시 시작할 것을 요청한다.

이새해의 시는 "창밖으로"(「숙소」), "우리 밖으로"(「우리 안」), "관 밖으로"(「땅에 사탕을 심으면」) 이동하는 '나'의 몸을 반복하여 그리는 방식으로 외려 '밖'에의 안착을 지연시킨다. 시인에게 폐쇄의 바깥, 자유로운 움직임으로 가득한 공간을 상정하는 것은 또 다른 안온의 문법에 귀속되는 일과 분리될 수 없다 여겨지기 때문일 것이다. 비로소 "커다란 문이 열"리고 "많은 새들"이 "파도 위를 고요하고 아름답게 날고 있"는 '바깥'의 풍경이 펼쳐질 때, 풍경 '안'에는 "들어와서 보라고" 말하는 목소리가 있다. 나감이 곧 들어감이 되는 세계에서 이곳과 저곳, 현실과 이상, 과거와 미래, 안과 밖은 구분되는 것이 아니라, 그것을 구분하려는 자의 생각 속에 "나가야 한다"(「만져보라고」)고 말하는 목소리로, 언어로 있다. 언어는 앎의 결과이자 방법이고, 몸을 움직여 세계에 시선을 돌려주는 힘의 도구이기도 하지만, 이새해의 시는 자기 안의 언어가 이룰지 모를 벽을 '당신의 언어'가 만든 벽과 겹쳐 바라

본다. 이를테면 그의 시는 세계를 충실히 보고 "오래전 설치되어 녹슨 주물/ 수직 기둥 주름// 그 속에 밀봉된/ 온수 한 컵/ 온수 두 컵/ 온수 사십사만 개"(「라디에이터」)가 '온기'의 문법임을 알며, "기계 내부의 세척 주기와 기계가 고장 나는 임계점을 정확히 알고 있"는 '전문가'의 언어가 되어 가지만, 그 앎으로 "기계의 전원을 내"(「전문가」)리는 '그'의 이야기가 되지는 않는다. 앎은 통제력이 아니라 이해력을 주고, 이해는 멈춤이 아니라 지킴의 방법을 상상하게 하기 때문이다.

'보는' 일은 이새해에게, "링고를 안고 매트에 누워 있"는 것이 "링고를 보고 있"(「혜수」)는 일이 되는 것처럼, 돌보는 마음의 일이다. "동그랗게 둘러앉아/ 커다란 개미집을 지켜보고 있"는 '아이들'은 개미들의 세계를 지키고, 그것이 있는 세계 속에서 나란히 살아간다. '나'는 "나의 베개 위로 감지 않은 형의 머리칼이 닿아 있는 것을 본다"(「타공」)고 적으면서, "지켜볼 뿐"(「크리스털」)인 마음으로 사람들을, 아이들을, 개미들을 지키고, 그들이 있는 세계를 산다. "보이지 않는 것을 믿을 수 있는" 채로 "보이는 것을 보지 않"(「노수」)는 사람들과는 다른 방법으로, 보되 돌보지 않던 어른들과는 다른 방법을 찾아, 그는 떠나지 않고 이곳을 지키며 사는 일을 택한다. 어린 자신이 얼굴이 지워지도록 기다리고 붙잡고 머물던 "어른의 손을" "슬며시 떼어놓고서"(「잘 놀았다 오늘도」), 아이였던 자신이 기다리던 '어른'의 얼굴을 스스로 그리면서. 그가 보는 세계에는 "아이들이 기다리고 있"(「크리스털」)고, 그는 영원히 아이로 남거나 자라 어른이 될 아이 앞에서 그를 보는 자로서 "누구도 나에게 보여주지 않은 인생"(「미관광장」)을 살고자 한다. "아무도 나에게 가르쳐준 적 없는 생활과 책임을 상상하면서"(「검사지」), 그 방법을 거듭 찾아 쓰면서.

우리는 다시 아이의 이름을 짓기로 한다.

좋은 이름이 나오면 칭찬을 하고 우스운 이름이 나오면 웃음이 터진다. 이름마다 다른 얼굴이 떠오른다. 볼이 통통한 애. 눈이 사나운 애. 날 닮아 이목구비가 납작한 애. 이상하지. 새로운 이름이 바닥나도 아이들의 얼굴은 계속된다. 광장을 채울 것 같다.

다리가 흔들리고.
힘없이 흔들리고.
나는 발끝을 보다가 침을 삼키다가 바닥을 본다.

바닥에 안긴 햇빛은 공평하다.
옥상에서 떨어졌던 찬규에게도 내리쬐고 있었다.
너와 내가 낳을 아이.

(중략)

집에 가면 빨래를 걷자. 나는 저녁 준비를 하러 마트에 다녀올게. 걱정 마. 이 약속은 지켜진다.

—「미관광장」 부분

이 시집에는 '미관광장'이라는 제목의 시가 세 편 있다. 세계는 '조경수'와 '미관광장'이 있는 곳이다. 특정 경계 안에서 미학적 목적과 용도에 따라 만들어지거나 이식되고, 그 기능을 이름으로 부여받아 통칭되는 것들이 있는 곳. 풍경이 삭막하거나 단조롭지 않도록 나무를 심고 광장을 만드는 설계의 문법 안에서 '조경수'와 '미관광장'은 공간 생태의 핵심으로 여겨지는 때에조차 문법 내부에 갇힌 도구의 지위를 초과하지 않는다. "아파트의 높이를 능가"하여 "거세게 흔들리면서 외벽을 때리"고 "이곳에 없는 전경이 쏟아지"(「프레이밍」)게 해도 '조경수'는 '이곳'을 벗어나지 못하고, 비닐하우스 높이만큼의 한계 안에서 "머리가 천장까지 닿은 채로 고개를 끄덕이고 있"는 "커다란 여인초"(「가볼 만한 곳」)처럼, 유사한 높이의 장소로 이사하는 방식으로만 '이곳'을 옮길 수 있다. 야외는 또 하나의 폐쇄이고, 아이들의 얼굴도 '조경수'와 '미관광장'이 있는 세계의 폐쇄를 벗어나 있지 않다. 좋거나 우스운 이름의 범위 안에서 얼굴들은 인상을 얻고, 언어의 범위를 초과하여도 언제나 광장 안에 있다.

그래도 아이들에게는 이름과 얼굴이 필요하다. 푸르고 안온한 풍경이라는 목적 속에서 통칭되거나 지워지지 않도록, 한 명 한 명을 나누어 부르고 바라보기 위해. 이름을 짓고 얼굴을 떠올리는 일은 지워진 이름과 얼굴을 기억하는 일과 다르지 않고, 지금 이곳에서 이름과 얼굴을 놓치지 않는 일과도 다르지 않다. 풍경 속에서 움직이는 얼굴들을 보기, 풍경 속에서 보는 방식으로 움직이기. 이새해의 시는 그런 미세 근육의 움직임에 대한 약속으로 이곳을 돌본다. 그 안에서 살아가고 있는 아이들과 아이였던 '너'들, '나'들의 가장 작은 움직임을 지키면서. 정말 지키는 약속을 이곳에 거듭 문장으로 새기면서. 이 약속은 돌아와 이새해의 시를 지킬 것이다. 광장 안에서, 손가락을 움직이며.

아침달 시집 46

나도 기다리고 있어

1판 1쇄 펴냄 2025년 2월 14일
1판 2쇄 펴냄 2025년 3월 11일

지은이 이새해
큐레이터 정한아, 박소란
편집 서윤후, 정채영, 이기리
디자인 정유경, 한유미

펴낸곳 아침달
펴낸이 손문경
출판등록 제2013-000289호
주소 04029 서울시 마포구 양화로7길 83, 5층
전화 02-3446-5238
팩스 02-3446-5208
전자우편 achimdalbooks@gmail.com

ISBN 979-11-94324-21-8 03810

값 12,000원